長編小説

推しの人妻

草凪 優

竹書房文庫

目次

※この作品は竹書房文庫のために
書き下ろされたものです。

第一章　十五年後の女神

1

中年男性――それも、女運がいいとはとても言えない三十代半ばの男にとって、心ときめく異性との出会いとは、どういったものが想定されるだろうか？

昨今はマッチングアプリに出会いを求める向きも多いが、あんなものは全然ダメだ。男も女もさもしい打算にまみれていて、心ときめく隙などない。

たとえば、ふらりと入った書店で同じ本に手を伸ばす。

新幹線や飛行機で隣りの席に腰かける。

友人知人の結婚式に参加したところ、着飾った彼女にひと目惚れ。

たまたま参加したボランティア活動で、真面目な彼女と意気投合。

どれもいい出会いだ。

だが……。

十代のころに憧れ抜き、寝ても覚めても彼女のことばかり考えていたアイドルが、十数年の時を経て、一般人として目の前に現れるという奇跡より、心ときめく出会いがこの世にあるだろうか？

藤丸秀二郎は三十五歳。

東京の東側にあるひっそりとした住宅街で、焼トン屋を営んでいる。高校卒業後、様々な飲食店を転々とし、苦節十六年、一年前にようやく自分の城〈焼トンの店　ひで〉をもつことができた。

カウンター八席に小上がりがひとつの小さな店で、看板娘も看板女将もいないけれど、まわりに飲食店がないせいか、ひとりで店を切り盛りしている秀二郎が毎日くたくたになるくらいは客が入っている。

「タン塩、レバタレ、にんにく、アスパラ、一本ずつね……」

焼トン屋の大将たるもの、愛想がよくなければならないというのが秀二郎のポリシーだった。いつだってご機嫌な態度で鼻歌まじりに串を焼き、笑顔とともに料理を提供——だが、その日に限っては妙にぶっきらぼうな態度で接客し、声まで格好をつけて低くなっていた。

カウンター席のいちばん端に座っている女のせいだった。

気品のあるモスグリーンのワンピースに身を包んでいるのはいいとして、室内にもかかわらず黒いキャスケット帽を目深に被り、サングラスまでかけている。それでも気配を消すのがうまいらしく、まわりから不審な眼を向けられることはない。

彼女の隣に座っているのは倉本美奈子——〈焼トンの店 ひで〉の常連である。近所に住んでいる主婦で、年は三十代半ば。小学校二年生になる娘がいる。酒に眼がないらしく、「主婦にも息抜きが必要よ」というのが口癖だ。理解ある夫が娘の面倒を見ていてくれるらしいが、三日に一度はやってきてしこたま酒を飲んでいるのだから、いささか息を抜きすぎかもしれない。

「やっぱりさあ、それってモラハラよ、モラハラ」

美奈子はカシラの塩焼きを齧りながら、友人らしき隣の女に言った。

「夜中に三時間もお説教ってあり得ないよ。しかも理由が、子供の描いた自分の絵が下手すぎたって、そんなのある？　おまえの育て方が悪いって言われても……」

「美術部だから絵はうまいんだけど、絶妙に悪いところばっかり描いちゃったのよねえ。額が広いとか、眉毛が薄いとか、一重瞼とか……」

「それにしたって限度があるわよ。どんなに腹が立ってもさ、普通は子供の絵くらいで三時間も怒りつづけられないから！　病気じゃないの、もう。じゃなかったら、八つ当たりね。腹立つことが他にあるのよ、仕事がうまくいかないとか……」

「うーん、そうかも……」

うつむいて長い溜息をついた彼女のことを、秀二郎は知っていた。この店に来るのは初めてだし、美奈子が紹介してくれたわけでもない。そうではなく、もともと知っていたのだ。

彼女はかつてアイドルだった。ステージで、あるいはテレビの中でキラキラと輝き、十代の男子たちをとりこにしていた。

もう二十年以上も前の話になる。

ある冬の寒い日、当時中学生だった秀二郎は、近所のショッピングモールをぶらぶらしていた。高校受験を間近に控えてナーバスになっている時期で、両親とも友達とも顔を合わせたくなかった。かといってお金もなければ行く場所もなかったので、ゲームセンターや書店を出たり入ったりしていた。

すると、そのモールの中庭でイベントが始まった。アップテンポの音楽が高らかに鳴り響き、とても豪華とは言えない小さくて低いステージに、レモンイエローのドレスをまとった女の子が飛びだしてきた。

名前も知らない新人アイドルだった。歌も踊りもへたっぴだったが、秀二郎はまばたきも忘れて彼女に見入ってしまった。世の中に、こんなにも可愛い生き物が存在したのかと衝撃を受けた。

いや、彼女はただ可愛いだけではなかった。若いのにエレガントな気品があって、育ちのよさを感じた。自分とは階級の違うお嬢さまだと、直感的に思った。にもかかわらず、お高くとまることもなく一生懸命笑顔を浮かべ、寒空の下、歌って踊っている。その健気（けなげ）さに胸を打たれ、一瞬でファンになった。アイドルのファンになったことなど、後にも先にも彼女だけだ。

栗原純菜（くりはらじゅんな）というのが彼女の名前だった。配っていたチラシにプロフィールが載っていた。秀二郎と同じ十五歳の中学三年生だったので、親近感を覚えた。ただ、ＣＤ発売はまだ準備中で、テレビ・ラジオのレギュラー番組もなかったから、どうやって応援していいかわからなかった。

それでも、純菜も頑張っているから、と自分に言い聞かせることで、しんどかった高校受験を乗りきることができた。

本格的に純菜の追っかけ、いまで言う「推し活（おしかつ）」を始めたのは、高校に入学してからだった。相変わらずCDは発売されていなかったし、レギュラー番組もなかったので、なけなしの小遣いを叩（はた）いてファンクラブに入会した。彼女が出演するイベントのスケジュールを知りたかったからだが、ファンクラブが発足したばかりだったので会員番号は一番だった。

自分でも動揺してしまうくらい、純菜のことが好きだった。

高一の秋に、純菜はようやく念願のデビューシングルを発売したが、セールスはふるわなかった。秀二郎はヒット祈願で明治神宮にお参りなどしたものの、心の奥底では、べつに売れなくてもいい、と思っていた。

売れなければ、ショッピングモールの中庭のようなところで至近距離から純菜を見つめることができた。眼が合ってしまうとうつむくことしかできなかったが、彼女から漂ってくる香水のいい匂いを嗅ぐことのできる最前列から応援できるのは至福の時間だった。

クラスの友達は何組の誰々とデートしただの、ついにABCのCまでできそうなどとはしゃいでいたが、まるで羨（うらや）ましくなかった。秀二郎の学校にいる女子なんて、純菜と比べれば月とすっぽん、可愛くもなんともなかったからである。

純菜が突然ブレイクしたのは、高三の夏だった。清涼飲料水のＣＭに大抜擢され、ついに世間に見つかってしまったのだ。そこからはまさに、飛ぶ鳥も落とす勢いでスターダムに駆けあがっていった。ＣＭには引っぱりだこだったし、ＣＤを出せばヒットチャートの上位にランクイン、人気俳優ばかりがキャスティングされているゴールデンタイムのドラマにも出演した。

自分でも意外だったが、純菜が遠くに行ってしまった、という気持ちには、不思議なくらいならなかった。たしかに、小さなイベントで至近距離から彼女を見つめることはできなくなってしまったけれど、秀二郎は彼女の成功が本当に嬉しかった。高校を卒業すると、飲食店でのつらい下積み生活が始まったが、テレビの中で輝きを増していくばかりの純菜を見ていると、疲れ果てた心身も慰められた。

しかし……。

二十歳（はたち）の夏に突然の悲報が訪れた。

いまで言う「授かり婚」、当時は「できちゃった結婚」と呼んでいたが、純菜は結婚し、芸能界を引退してしまったのである。

それに先立つひと月ほど前、熱愛報道が週刊誌を賑わせた。相手の男は純菜よりふたまわり近く年上の会社経営者だった。不動産関係で財をなしたようだが、人相が悪かった。反社を彷彿（ほうふつ）とさせるコワモテであり、そのドン引きするような風貌がすべての純菜ファンを地獄の底に突き落とした。

純菜は押しも押されもしない清純派のアイドルだったのだ。優等生のお嬢さまというのが誰もが純菜に抱くイメージであり、男の影などこれっぽっちも感じさせない天使だった。

いまの若い連中には「お花畑」と馬鹿にされそうだが、秀二郎は純菜が処女であることを疑っていなかった。少なくてもアイドルであるうちは恋愛禁止をみずからに課し、ファンファーストを貫いてくれると信じていた。

もちろん、アイドルとはいえ人間だから恋だってするだろうし、結婚するなら貧乏人よりお金持ちのほうがファン目線でも安心かもしれない。

しかし、相手があまりにもコワモテであり、男なんて他にいくらでもいるだろうと思わせる輩（やから）だったことから、純菜のイメージは泥にまみれた。しかも、妊娠までしているのだから言い訳のしようもない。鳴かず飛ばずの時代から純菜を支えてきた所属事務所は激怒しているともっぱらで、できちゃった結婚の責任をとる格好で引退を余儀なくされたのである。

俺の青春は終わった——秀二郎はひと晩中泣き明かした。「推し活」なんて所詮は虚(むな)しい片思いだし、純菜には純菜の人生がある。わかっていても、リアルな恋愛にきっぱりと背を向け、純菜を応援してきたのだ。悔しくて悔しくて涙がとまらず、純菜の結婚を祝福する気にはどうしてもなれなかった。

2

自分にとって唯一無二のそんなアイドルが店に入ってきたのだから、秀二郎が気づかないわけがなかった。

表舞台から姿を消して十五年——秀二郎と同い年だから三十五歳になっているはずなのに、純菜の容姿は幻滅を誘うものではなかった。

もちろん、人前に出なくなればアイドルとしてのオーラは消える。アイドルの笑顔は大声援によってどこまでもまぶしく輝くものだから、声援がなくなればオーラが消えてしまうのはしかたがない。

それでも、太ったり痩せたりしていなかったし、美貌も劣化していないように思われた。キャスケット帽とサングラスで顔を隠していたから、確信まではもてなかったが、素敵な大人の女になったという雰囲気が漂っている。

三十五歳の人妻、しかも十五年前にできちゃった結婚をしているので、中三か高一の子供がいるはずなのに、とてもそんなふうには見えない。

「あら、やだ。もうこんな時間……」

美奈子が腕時計を見て言った。午後九時を五分ほどまわっていた。

「わたし、娘を寝かしつけなきゃいけないから、もう帰るね。あんたはどうする？もう少し飲んでいく？」

「うん……そうしようかな……」

純菜がうなずいたので、美奈子は財布から千円札を何枚か出し、純菜に渡した。

「じゃあ、お先に！　マスター、ご馳走さまっ！」

赤ら顔に楽しげな笑みを浮かべて帰っていった美奈子は、しこたま飲んでも帰宅時間はきっちり守る。そういう意味では、しっかりした主婦なのである。

それはともかく。

秀二郎はにわかに緊張しなければならなかった。店に残った客が純菜ひとりになったからだ。伝説のアイドルが焼トン屋のカウンターでひとり飲み。しかもその焼トン屋は自分の城――こんなことがあっていいのだろうか？

「あのう……」

純菜に声をかけられ、ドキンと心臓が跳ねあがった。

「熱燗って、できますか？」

店のメニューには熱燗はおろか、日本酒も並んでいなかった。いつもの秀二郎なら、こう言うだろう。

『お客さん、わかってないね。焼トンっていうのはさ、炭酸の入った酒がベストマッチなんだ。モツの脂を炭酸で洗い流す。口の中がさっぱりしたら、次に食う焼トンもうまい。レモンサワーやホッピーもいいけど、うちじゃ黄昏れ色の焼酎ハイボールがおすすめだよ』

だが秀二郎は、

「熱燗ですね、かしこまりました」

ふたつ返事でうなずくと、土産でもらったまま棚に入れてあった日本酒の瓶を取りだし、茶碗に注いで電子レンジで温めた。純菜のオーダーならシャンパンだろうがシングルモルトだろうが、いや、たとえスムージーやタピオカドリンクでも、どうにかして出しただろう。

「おいしい……」

熱燗をひと口飲んだ純菜は、噛みしめるように言った。

「ホント、あったかいお酒って、百薬の長って感じがしますよね……」

ひとり言のように言ったので、秀二郎はうなずいただけで言葉を返さなかった。しかし、心のメモ帳にはしっかりと書きこんだ。温かい酒は百薬の長——明日から店のメニューに熱燗を加えることにする。

「いらっしゃいませ！」

新規の客が入ってきたので、秀二郎はオーダーをとって焼トンを焼いた。焼き台の前で白い煙を浴びながらも、純菜のことが気になってしかたがなかった。茶碗酒をちびちびと飲みながら、考え事をしている姿が絵になっていた。

しかし、なにを考えているかといえば、夫のモラハラについてだろう。そう思うと胸が痛んだ。十五年前、その悪人面（づら）で自分たち純菜ファンを地獄に突き落とした彼女の夫は、いまではモラハラおやじに成り果てているらしい。子供の描いた絵に腹を立てて三時間も説教するようなイカれぶりなら、他にも様々なモラハラで純菜を泣かせているに違いない。

俺たちの天使を娶（めと）っておきながらふざけやがって——あまりの悔しさに、秀二郎は涙が出てきた。実際は焼トンの煙が眼にしみて出た涙だったが、声をあげて号泣したい気分だった。

それから二時間ほどが経過した。

酔った客が帰っていき、新しい客が入ってくるダラダラした展開はいつものことだった。カウンターの端にひとりで陣取っている純菜だけが、動かなかった。時折、熱燗を追加オーダーしてきた。そのピッチがだんだんあがってきて、すでに八杯目に突入している。

（まさかの酒豪だったのかよ……）

秀二郎は内心で驚愕していた。キャスケット帽とサングラスのせいで表情はうかがえなかったが、平然と飲みつづけている。この店で、こんなに酒ばかり飲んでいる客は滅多にいない。けっこうな酒飲みの美奈子だって、せいぜいレモンサワーを五、六杯程度だ。飲まなければやっていられないくらい、モラハラ夫との暮らしがつらいのだろうか……。

「暑い……」

純菜はそう言ってキャスケット帽とサングラスを取った。閉店時間の午後十一時三十分が近づいていたので、店内にはすでに、他の客は誰もいなかった。

突然素顔を露わ（あら）にした純菜に、秀二郎の息はとまった。

美しさの圧が強すぎて、後ずさりしそうになってしまった。

芸能人オーラは消えていても、お嬢さま育ちらしい震えるほどの気品はそのままだった。眼鼻立ちはより端整になっているような気がしたし、なにより三十五歳になった純菜は、その年齢に相応しい色気をまとっていた。

アイドル時代の彼女に、色気を感じたことなどない。誓って言うが、秀二郎は彼女をいやらしい眼で見たことなんて一度もなかった。ファンがアイドルに求めるものは、色気ではなく清潔感や透明感なのである。

3

時計の針が午後十一時三十分を指した。閉店の時間である。

秀二郎はそわそわと落ち着かなかった。素顔になった純菜が、まだ飲みつづけていたからである。飲みつづけるのはかまわないし、一秒でも長く店にいてもらいたかったけれど、暖簾をさげて看板の灯りを落としたほうがいいかどうか、迷っていた。他の客に入ってきてほしくないからだが、そんなことをすれば純菜に余計な気を遣わせてしまうだろうか？

「お店、もう終わりですか？」

純菜がこちらを見て言った。今日初めて眼が合った。

「いやいや……全然大丈夫です……気がすむまで飲んでいってください……」

秀二郎はにわかに暴れだした心臓をなだめながら答えた。

アイドルのコンサートでは、ステージに立っている「推し」と眼が合うことを「レスをもらう」という。レスポンスのレスであり、それを楽しみにコンサートに足を運ぶ向きも少なくない。ファンのほうが勝手に眼が合ったと勘違いしていることも多々あるが、気の利いたアイドルは積極的に眼を合わせてくれる。

秀二郎も純菜の追っかけをしているときは、何度もレスをもらった。ブレイク前はとくにそうだった。恥ずかしくてすぐにうつむいてしまうことが常だったが、彼女の綺麗な瞳の美しさはいまも脳裏に焼きついている。

アイドル時代はキラキラ輝いていた純菜の瞳は、ねっとりと潤んでいた。酔いのせいなのか、あるいは大人になったからか、可憐さではなく妖艶(ようえん)さで、秀二郎をたじろがせた。

「それじゃあ、熱燗もう一杯いただいていいですか？」

「はっ、はい……」

秀二郎は茶碗に酒を注いで電子レンジで温めた。熱燗を茶碗で出さなければならないのも恥ずかしいが、電子レンジで温めるのもダサいと言えばダサい。純菜が次に来てくれたときのために、お銚子（ちょうし）とお猪口（ちょこ）はもちろん、湯煎（ゆせん）できるようにチロリを買っておこうと決めた。

「……おいしい」

九杯目の熱燗を、純菜はしみじみと飲んだ。

「隠れ家（かくが）っていいですよね……大人の隠れ家……」

ひとり言のように言ったが、聞き捨てならない台詞（せりふ）だった。この〈焼トンの店 ひで〉は、ネットの口コミサイトなどで、「隠れ家的な居酒屋」と評されることが多いのだ。といっても、飲食店がまったくない住宅街にポツンと一軒あるからで、有名人の類（たぐ）いがお忍びでくるわけでもなんでもないのだが……。

「それでしたら、ぜひうちの常連になってください。大人の隠れ家〈焼トンの店 ひで〉をよろしく！」

秀二郎はここぞとばかりにアピールしたが、

「違いますよ」

純菜は口の端に意味ありげな笑みを浮かべた。

「大人の隠れ家って、飲み屋さんのことじゃないです」

「わたしの女友達で結婚してる子、みんなこっそり浮気してるんです。この世で不倫してない人なんか、いないんじゃないかっていうくらい……」

秀二郎はすぐには言葉を返せなかった。つまり、純菜の言う「大人の隠れ家」とは、浮気であり、不倫のことらしい。

「まっ、まさか……それじゃあ美奈子さんも……」

純菜はなにも答えなかった。黙って視線をそらしたのだが、否定しないということは肯定しているのと同じ……。

ショックだった。いささか酒が好きすぎるけれど、秀二郎はてっきり、美奈子という女は良妻賢母だと思っていたからだ。

「でっ、でも、不倫はよくなんじゃないですかねえ。いまふうに言えば婚外恋愛ですか？　そういうのってなんか、いけないことに思えますけどねえ……」

秀二郎は腕組みをして唸るように言った。純菜には、モラハラ夫といますぐ離婚してほしい。飲まずにいられないほどつらい結婚生活なんて、継続している意味がないと思う。

しかし、離婚もせずに浮気とか不倫とか婚外恋愛とか、純菜に人の道を踏みはずすようなことはしてほしくなかった。秀二郎の中にはまだ、優等生のお嬢さまキャラで売っていたアイドル時代の彼女のイメージがしっかりと残っていた。できちゃった結婚ですべてが台無しになったとはいえ、あれは災難の一種だったと思いたい。

「不倫、反対派なんですね？」

純菜は少し蔑むような感じで言った。

「いや、まあ……僕はまだ独身なんで、不倫の恋とは無縁ですが……」

「相手が人妻だったら不倫ですよ」

「そりゃまあ、そうですけど……」

「目の前に理想の女が現れても、その人が人妻だったら、不倫はよくないからって、指を咥えて我慢するタイプなんですか？」

「そっ、それは……」

困り果てている秀二郎を見て、純菜はクスクスと笑った。なんというか、急に彼女のまわりの空気が柔らかくほどけたような感じがした。

「わたし、昔アイドルだったんです」

突然の告白に、秀二郎はどんな顔をしていいかわからなかった。

「中三のときにデビューしたんですけど、全然売れてなかったから、芸能活動っていえばショッピングモールやパチンコ屋さんの駐車場でする営業くらい。同年代の子たちがどんどん売れていってるのに、わたしだけどうしてって本当につらくて……事務所から歌を出すのに先行してファンクラブをつくるって言われても、わたしのファンなんかひとりもいないんじゃないかって、ふて腐れてて……」

純菜が悲しげな顔をしたので、秀二郎の胸は痛んだ。鳴かず飛ばず時代の彼女は、たしかにけっこうみじめな感じだったから……。

「でも、いたんですよね、ひとりだけ」

そう言うと、純菜はまた、クスクスと笑った。手になにかを持っていた。〈焼トンの店 ひで〉のショップカードだった。店のいたるところに置いてあるし、彼女の前にも置いてあったから、一枚取ったらしい。

名刺も兼ねているショップカードなので、裏には大きく名前が印刷してあった。純菜は楽しげに笑いながら、それをこちらに見せてきた。

「珍しい名前ですよね？」

藤丸秀二郎――なるほど、月並みな字面ではないかもしれない。

「だから覚えてました。会員番号一番！　藤丸秀二郎さん！」

秀二郎は卒倒しそうになった。

　ファンクラブが発足し、入会したのは高校に入学した直後だから、もう二十年も前のことになる。それをまだ覚えているなんて……もしかすると彼女は、異常な記憶力の持ち主なのだろうか？

「ファンレターもくれましたよね？　それも藤丸さんが第一号でした。お返事できなくて申し訳なかったですけど、とっても嬉しかったし、救われたって感じだったから、何回も何回も読み返しました。文章全部、覚えちゃうくらい。いまでもそらで言えるかも……僕の前に現れてくれてありがとう。毎日ドキドキさせてくれてありがとう。レスくれても下を向いてばかりでごめんなさい。理想の女の子でいてくれて本当にありがとう……ええーっと、それから……」

「いやいやいや……お願いっ！　もうやめてっ！」

　秀二郎はいまにも泣きだしそうな顔で純菜を制した。真夜中に書いたラブレターは、朝読むと赤面するものと相場が決まっているが、二十年も前、高校時代のそれなんて、赤面どころの騒ぎではない。悶死してしまいそうである。

「わたし、理想の女の子だったんですよね？」

　純菜は自分を指差し、悪戯（いたずら）っぽく笑った。

「だったら、その……わたしの……隠れ家になってくれませんか？」

秀二郎は眼を真ん丸に見開いた状態で凍りついたように固まった。純菜の言う「隠れ家」は、不倫であり、浮気相手……つまり、自分を誘っているのだろうか？　夫に隠れてこっそり付き合いませんか、と……。

（まっ、まさか……）

純菜は酔っていた。熱燗は九杯目だし、その前に美奈子とレモンサワーを三杯ほど飲んでいる。

どんな酒豪でも酔うに決まっている酒量だが、それにしても彼女の言葉には現実感がなさすぎた。あまりに突飛すぎて浮かれることもできず、逆に不安になってくる。

たしかに秀二郎は、彼女のファンクラブの会員番号一番だったし、熱烈なファンレターを送ったこともある。しかしいまは、しがない焼トン屋のおやじなのだ。元アイドルと釣りあうわけがない。

やはり、酔っているのだ。酔ったうえでの、かつてのファンに対するリップサービスと考えたほうがいい。アイドルとしての全盛期、純菜は深夜にラジオのレギュラー番組をもっていて、秀二郎は毎週欠かさず聴いていた。アイドルファンにとってラジオは、「推し」の内面に触れることができる貴重な機会だからである。

純菜は容姿から想像がつく通り、真面目な性格の女の子だった。まさに優等生のお嬢さまという感じだったが、しょっている冗談をよく口にした。可愛い、綺麗、笑顔が素敵、スタイルがいい——リスナーから容姿を褒め称えるハガキがくると、「ありがとうございます」と答えるのが普通なのに、彼女の場合は「知ってまーす」と朗らかに笑う。そういう冗談を言っても決して嫌味にならないのが、アイドルとしての彼女の真骨頂だったのだ。

（それにしても、いまのはシャレがきつすぎる。こっちがもっと馬鹿な男で、誤解しちまったらどうするんだ……）

秀二郎は純菜をたしなめ、真偽を問いただそうとしたが、できなかった。まるでスイッチが切れたように、コテッとカウンターにうっ伏してしまったからである。

4

「おいおいっ……」

秀二郎はあわててカウンターの中から飛びだした。

〈焼トンの店　ひで〉の椅子は木製の四角いスツールで、背もたれがない。バランスを崩して床に転げ落ちたりしたら大変なことになる。純菜の綺麗な顔に傷や痣(あざ)がついたらと思うと、秀二郎は生きた心地がしなかった。

「だっ、大丈夫ですか？」

純菜の双肩を両手でつかんだ。モスグリーンのワンピースに包まれている彼女の肩は見た目以上に華奢(きゃしゃ)で、にわかに心臓が早鐘を打ちはじめる。

いまこの手で触れているのは、かつての「推し」の体だった。アイドルというのは虹のようなもので、見ることはできても触れることはできない。触れようと思ってはいけないものがアイドルなのである。

だがいまは、そんなことを言っている場合ではなかった。純菜の横顔をのぞきこむと、すっかり眠っているようだった。三十五歳にして、天使のような寝顔ですやすやと……。

「うんんっ……」

急に体を動かしたので、椅子から転げ落ちそうになった。双肩を押さえているだけでは支えきれず、秀二郎は反射的に純菜の体を抱えあげた。お姫さま抱っこというやつである。

「むっ……むむむっ……」

全身から汗が噴きだすのを感じた。

純菜は顔がとても小さく、すらりとしたスタイルをしているので、テレビ画面などでは背が高く見えるが、身長は公称一六〇センチ——ファッションモデルのように長身なわけではない。それでも体重はそれなりにあった。秀二郎は力自慢でもなんでもないので、気張っていないと抱えていられなかった。

いや、そんなことより、かつての「推し」をお姫さま抱っこしていると、悪いことをしているような気がしてしようがなかった。サイン会などでどさくさにまぎれてアイドルの体に触れるような卑劣漢は、ファンの風上にも置けない人間の屑だと心の底から軽蔑していたからだ。

お姫さま抱っこをしていると、自分の胸に彼女の体の側面が密着している。もう少しで丸い乳房まであたりそうなきわどい密着の仕方である。

さらに、左手は彼女の背中を支え、右手は太腿を持っていた。咄嗟のことだったので、ワンピースの中に入り、ストッキングを穿いている太腿に直接触れている。

ざらついたナイロンに包まれた太腿の感触が生々しくて、眼がくらみそうだった。自分はいま、サイン会でどさくさにまぎれる卑劣漢より、悪いことをしているのではないだろうか？

とはいえ、その場に放りだすわけにもいかず、秀二郎は純菜を抱えたまま小上がりに向かった。畳敷きのそこであれば、転がり落ちて怪我をする心配はない。こちらが店の後片付けをしている間寝かせておけば、そのうち眼を覚ましてくれるだろう。

しかし……。

純菜の尻を畳の上におろし、体を横たえようとしても、できなかった。純菜が秀二郎の首根っこにしがみつき、離してくれなかったからだ。

眼はしっかりと閉じていたが、むにゃむにゃと寝言を言っている。「わたしのこと、好き？　わたしのこと、好き？」と言いながらせつなげに眉根を寄せる。

好きに決まってるだろう！　と秀二郎は叫びたかった。

かつて純菜にはしたたかに裏切られた。できちゃった結婚によって、目の前が真っ暗になったことはいまでも忘れられない。

だが、三十五歳になってなお、こんなにも美しい彼女を、嫌いになんてなれるはずがなかった。それは間違いないのだが、いくら体を離そうとしても、いやいやをして離れてくれない。秀二郎は泣きたくなってきた。首根っこにしがみつかれているということは、顔がすぐ近くにあるということである。長い睫毛（まつげ）の数を数えられそうな至近距離であり、吐息の甘い匂いに鼻腔をくすぐられてしようがない。

「……ふうっ」

純菜の両手をなんとか首根っこから引きはがし、畳の上に横たえると、秀二郎は額の汗を拭(ぬぐ)いながら、大きく息をついた。ワンピースの裾(すそ)がめくれあがり、太腿がチラッと見えていたので、すかさず手を伸ばして見えないように直す。

アイドルといえばミニスカート——と連想する向きも多いかもしれない。しかし、秀二郎はミニスカのアイドルが苦手だった。見ていて恥ずかしくなるというか、照れてしまうからだ。

その点、純菜は現役時代、脚を見せないアイドルとして有名だった。ステージ衣装はいつだってロング丈のスカートやドレスだったし、引退記念写真集という特別な例外を除けば、肌の露出もほとんどしていない。

おかげで、安心して応援することができた。秀二郎は「推し」をオナペットにしたことなんてない。純菜にいやらしい眼を向ける輩は、同じファンでも敵視していたくらいだ。「推し」とはもっと聖なるものであり、清らかにしてアンタッチャブルな存在なのである。

その聖なる元アイドルがいま、意識のない無防備な状態で、畳の上に横たわっている。畳の上にもかかわらず、赤いパンプスを履いたままだった。秀二郎は息をとめ、純菜の足に手を伸ばしていった。

ここで酔いつぶれているのがどんな人間であろうと、畳の上で靴を履いていれば、脱がせようとするだろう。しかも、純菜は寝相がよろしくないようで、たった一分かそこらの間にもう二、三回も寝返りを打っている。畳の汚れより、気品のあるモスグリーンのワンピースを汚してしまわないか心配だ……。

いや……。

いくら言い訳をしてみたところで、結局のところ秀二郎は、純菜のパンプスを脱がしたかったのだ。脱がしたいという衝動が身の底からこみあげてきて、いても立ってもいられなかった。

右足から、脱がした。

（おおおっ……）

ストッキングの爪先部分が、二重になっていた。ストッキングとはそういうものであることくらい知っていたが、それが純菜の爪先だと思うと、全身の細胞がざわめいてしまうがない。

左足のパンプスも脱がし、揃えて並べる。そこまでは、良識ある居酒屋店主の振舞いとして過不足なかったはずだ。

しかし、並べる直前、鼻に近づけ、匂いを嗅いでしまった。

ほんの一瞬だったが、たしかに嗅いだ。革の匂いのほうが強かったけれど、うっすらと汗の匂いも混じっているような気がした。

(なにをやってるんだ、俺は……)

自分でも信じられない行動だったが、秀二郎は理性を失いかけていた。勃起していたからである。股間のイチモツは、お姫さま抱っこをした瞬間から痛いくらいに膨張し、ズボンを突き破りそうな勢いだった。そういう状態になってしまった男は、平時では考えられないような行動に出ることがある。

普段の秀二郎は、真面目すぎるほど真面目な人間だと言っていい。酒を売る商売をしているからこそ、だらしない言動はもってのほか、セクハラ的な言葉遣いにも神経質なほど注意している。

だがいまや、普段の性格が風前の灯火(ともしび)になっていた。いや、パンプスの匂いを嗅いでしまったことで、ガラガラと音をたてて崩壊中だった。いまなら、サイン会でアイドルに触れる卑劣漢の気持ちも、ちょっとだけわかる気がする。天使に欲情してしまうと悪魔に魂(たましい)を売りたくなるのが、男という生き物なのかもしれない。

自分にとって唯一無二の「推し」が、目の前で酔いつぶれているのである。この先何十年生きようが、これほどの幸運と巡り会えることは二度とないだろう。もしこれが、さして報われることもなく真面目一徹に生きてきた自分に対する神様からのギフトだとするなら、少しくらい羽目をはずしても許されるのではないだろうか？　純菜に迷惑がかからない程度なら……。

純菜は先ほど、「わたしの隠れ家になってくれませんか？」と言ってきた。おそらく冗談であり、額面通りに受けとることはできなかったが、不倫の関係を示唆してきた。冗談とはいえベッドインを匂わせてきたわけだが、だからといって意識のない彼女と性行為に及ぶことは、人として許されない。

ただ、気づかれない程度にちょっとだけ、ワンピースの中をのぞくことくらいのことは、許されるのではないだろうか？

（ちょっとだけだよ……ちょっとだけなら……）

ドクンッ、ドクンッ、と高鳴る心臓の音を聞きながら、秀二郎はおずおずとワンピースの裾に右手を伸ばしていった。

脚を見せないアイドルとして有名だった純菜だが、卒業記念写真集では、水着姿や下着姿を披露している。できちゃった結婚に激怒した事務所が、純菜に強いた罰ゲームとも言われた伝説の写真集だ。

そこでもかなりきわどいランジェリーフォトがあったから、下着を見るところまではセーフだろう。触ったりしたらアウトでも、見るだけなら写真集ですでに見ているのだから……。

ワンピースの裾をつまみ、そっとめくりあげた。気のせいかもしれないが、奥から薔薇(ばら)の香りが漂ってきたような気がした。ふくらはぎの艶(なま)めかしい肉づきに胸をざわめかせながら、さらにめくっていく。

太腿が、見えた。全体的には細身な純菜だが、太腿だけは逞(たくま)しい。むっちりしすぎていやらしいほどで、卒業記念写真集が発売になったとき、すべての純菜ファンは衝撃を受けたはずだ。色気とは縁遠かった我らの天使が、太腿を見せた瞬間、呆れるほどエロティックな存在になったからである。

その太腿は、健在だった。いや、二十歳のときは若々しさの象徴のように張りつめていた太腿が、三十五歳になったいまは、色気の象徴のように匂いたっていた。むっちりしたフォルムはそのままに、ナチュラルカラーの極薄のナイロンにぴったりと包みこまれ、悩殺的なフェロモンをむんむんと放っている。

ハアッ、ハアッ、ハアッ……。

秀二郎は自分の呼吸が滑稽(こっけい)なくらいはずんでいるのを感じた。おそらく、ギンギンに見開いている眼も、血走っていることだろう。鏡を見れば、変質者じみた自分の形相に絶望できるに違いなかったが、そんなことはどうだってよかった。

ワンピースの裾をつまんでいる指が震えていた。太腿はすでにいちばん太いところまでが露わになって、あとほんの二、三センチめくれば、パンティが見えそうだった。罪悪感は最高潮に達していたが、それを上まわるほど興奮していた。全身の血液が沸騰してしまいそうなほど……。

震える指先でつまんでいる裾を、そうっとめくっていく。

薄紫のパンティが、眼に飛びこんできた。レースも可憐な薄布が、股間にぴっちりと食いこんで、ストッキングに透けている。

秀二郎は反射的に鼻を押さえた。鼻血が出るかもしれないと思ったからだった。興奮しすぎて鼻血を出したことなどないが、それを恐れるくらい暴力的に色っぽかった。それに先だって息はできなくなっていたし、眼は見開かれた状態で糊づけされてしまったようだった。

ちょっとだけのつもりだった。純菜の生下着なんて、一秒見ただけで一生脳裏に刻みこまれているに違いないから、長々と眺めている必要などなかった。

けれども、秀二郎は動けなくなった。

ドクンッ、ドクンッ、と暴れる心臓の音を聞きながら、視線だけが情熱的に動きまわっていた。薄紫のパンティに包まれた恥丘はやけにこんもりと盛りあがり、動揺を誘うほどいやらしい形状をしている。見れば見るほどまばたきができなくなり、こんもりと盛りあがった恥丘を、しつこく視線でなぞらずにはいられない。

股間が苦しくてしようがなかった。

純菜をいやらしい眼で見たことなんて一度もないし、オナペットにしたこともないというのは、嘘ではなかった。彼女の出演するイベントやコンサートに馳せ参じるとき、秀二郎はいつだって清らかな気持ちだったし、生の純菜を目撃できればさらに心が洗われたものだった。

しかし一度だけ、たった一度だけ、引退記念写真集のきわどい写真を初めて見たときは、不本意ながら勃起してしまった。もちろん、だからといってそのままオナニーに突入するのは、ファンクラブ会員番号一番としての矜持(きょうじ)が許さず、写真集を素早く閉じると、部屋から飛びだして全速力で近所を走りまわった。

運動とは無縁の生活をしていた秀二郎は、あっという間に息があがり、心臓がバクバクしはじめた。全身から汗がいっせいに噴きだしてきても、まるで勃起がおさまってくれないので、泣きそうになりながら走りつづけるしかなかった。

いまはあのときより苦しい。

引退から十五年経っているとはいえ、「推し」の下着をのぞきこんでいるのだ。生身のパンティを拝み、舐めるような視線で好き放題に視姦している。

パンティとストッキング——二枚の薄布の向こうには、純菜の秘部が隠されており、本人が眠ってしまっているいまでも、ひっそりと息づいているはずだった。

純菜の秘部は、いったいどんな感じなのだろうか？ 考えてはいけないとわかっていながら、陰毛は春の若草のように薄いだろうとか、いやいや意外に剛毛かもしれないとか、美意識が高そうな彼女がＶＩＯの処理をしていないわけがないとか、いやらしいことばかりが脳裏をよぎっていく。

陰毛はともかく、下着をおろして両脚を開かせれば、女の花さえ露わになる。清らかな純菜の花は、やはり清らかな色艶なのだろうか？ それとも、出産と加齢を経て年齢なりに崩れているのか？

どんな花でも——たとえ黒ずんでびらびらしていようとも、秀二郎は喜んでしゃぶりまわせると思った。しゃぶりまわすところを想像すると、股間がひときわ苦しくなり、涙が出てきそうになった。この世に生まれ落ちて三十五年、これほど射精がしたいと思ったことは初めてだった。トイレに駆けこんでオナニーするしかないと思ったものの、金縛り(かなしば)に遭(あ)ったように動けなかった。ただブリーフに締めつけられているイチモツだけが、ズキズキと熱い脈動を刻み……。

「ううっ！」

ドクンッ、という衝撃が下半身で起こり、秀二郎はうめいた。起こってはならないことが、起こってしまったようだった。ドクンッ、ドクンッ、ドクンッ、と衝撃はたたみかけられ、激しく身をよじった。苦悶に歪んだ顔が脂汗にまみれていくのと同時に、ブリーフの中がじわっと生温かくなっていくのを感じた。

射精をしてしまったのである。

考えられない事態に、秀二郎はパニックに陥(おちい)りそうになった。このところ忙しくてロクにオナニーをできなかったなどと、言い訳をしても意味がなかった。自分にとって唯一無二の「推し」のパンティを拝みながら、射精をしてしまうなんて――すさまじい罪悪感と自己嫌悪が押し寄せてきた。パンティを拝んでいるだけでも相当な罪なのに、不可抗力とはいえノーハンドで射精までしてしまうなんて、あまりの情けなさに目頭が熱くなってくる。

ワンピースの裾をつまんで引っ張りあげたまま、歯を食いしばって涙をこらえ、小刻みに震えていた。

どれくらいそうしていたのだろう？

時計で計れば一分か二分のことかもしれない。だが、秀二郎には永遠にも感じられるほど長い時間が過ぎた。宇宙をさまよっているように現実感がなく、時間の感覚がすっかり失われていた。

「……なにしてるんですか？」

不意に声をかけられ、ハッと我に返った。

ワンピースの中から眼をあげた秀二郎は、心臓が停まりそうになった。

眼を覚ました純菜が、キョトンとした顔でこちらを見ていたからである。

レスをもらう、などという生やさしいレベルではなかった。視線と視線がぶつかりあい、からまりあって、秀二郎は息をすることすらできなかった。

第二章　人妻の隠れ家

1

「本日臨時休業」の貼り紙を店の扉に貼っている秀二郎は、遠い眼をしていた。

死刑を宣告される直前の被告人というのはこういう気分なのかもしれないと、悲劇的かつ物騒なことをぼんやりと考えていた。

〈焼トンの店 ひで〉に休みはない。いずれは週に一度の定休日を設けるつもりだが、オープン以来この一年は年中無休で営業してきた。客足が軌道に乗るまでの辛抱だと自分を励まし、いま頑張らなくていつ頑張るのだと歯を食いしばって馬車馬のように働いてきたのだ。

それがこんな形で臨時休業するとはやりきれない気持ちになってくる。いや、本日限りの臨時休業ならまだマシで、しばらく休業が続いたり、最悪の場合は閉店に追いこまれる可能性もゼロではないかもしれない。

そんな危機的状況の発端は——。

一週間前、かつて「推し」だった元アイドル、栗原純菜が店にやってきたことだ。他の客が誰もいなくなった閉店間際の店内で、彼女は酔いつぶれた。カウンターにうつ伏してしまったので、椅子から転げ落ちては大変だと、小上がりに運んだ。そこまではよかったのだが、靴を脱がして匂いを嗅いだり、挙げ句の果てには、ワンピースの裾をめくって薄紫のパンティを見てしまった。

純菜はよく眠っていた。バレなければ罪になどならないはずだった。しかし、興奮のあまり、触ってもいないイチモツがブリーフの中で暴発した。ショックに動けなくなっていると、純菜が眼を覚ましてしまった。

「……なにしてるんですか？」

と訊ねられても、秀二郎に返す言葉はなかった。卑劣な真似をしていたことが一目瞭然の状況だったので、言い訳のしようもなかった。

秀二郎はワンピースの裾をつまんだ状態で動けずにいた。純菜が裾を直そうとしたので、あわてて手を引っこめた。その勢いのまま土下座して謝ればよかったと、いまも深く後悔している。

純菜は秀二郎が脱がしたパンプスに足を入れて立ちあがると、

「連絡先、教えてください」

震える声で言ってきた。悲嘆と軽蔑と憤り(いきどお)が、等分に混じりあったような声音(こわね)だった。

「そっ、それならショップカードに……」

電話番号もＬＩＮＥのＩＤも記してある。純菜はそれを確認すると、ひと言も残すことなく店を出ていった。

秀二郎は放心状態に陥った。ガランとした店内で、深夜の三時過ぎまでひとり立ち尽くしていた。

純菜が連絡先を訊ねてきた理由はなんだろう？

酔って居眠りをした隙に酒場の店主に猥褻(わいせつ)な行為を働かれたと、警察に訴えるつもりだろうか？　あるいはコワモテな夫が出てくるのか？　妻を辱(はずかし)められたと知り、黙っているような男には見えなかった。人を見かけで判断するのはよくないが、反社と見まがうばかりのあの男には、本物の反社の友人が何人もいそうだった。たとえ法外な値段でも慰謝料を請求されるならまだマシなほうで、いきなり拉致されて山に埋められたり、海に沈められたりするかもしれない……。

生きた心地がしないまま数日が過ぎ、ついに純菜からＬＩＮＥが来た。会って話がしたいという、呼びだしの連絡だった。

呼びだされた日時が、今日の午後一時だった。〈焼トンの店 ひで〉のオープンは午後五時だから、純菜に会って戻ってきてから店を開けることは充分に可能だというふうには思えなかった。客商売ができる精神状態で戻ってこられるとは思えないし、仕込みだってできない。店には毎日、午後二時に精肉業者から新鮮なモツが届く。それに串を打たなくては、焼トン屋の営業はできないのだ。

「……ふうっ」

正午過ぎのまぶしい陽光に照らされている店をしばし遠い眼で眺めてから、秀二郎は駅に向かった。苦節十六年、ようやくもてた自分の城だが、もしかするとこれが最後の見納めになるかもしれなかった。

純菜が指定してきた待ち合わせ場所は、上野のアメヤ横町にある喫茶店だった。〈焼トンの店 ひで〉からは電車で三十分もかからない。ただ、店の前に来ると両脚が震えだすのをどうすることもできなかった。店の看板には「純喫茶」と謳われていた。いまどき純喫茶？　昭和の遺物のような年季が入っている造りなのはいいとして、出入りしている客が人相の悪い中年以上の男ばかりなのが怖かった。もしかするとここは、反社の人間の溜まり場ではないか？

（本当に、二度と店には戻れないかもな……）

秀二郎の懐には、百万円の札束が入っていた。今日の午前中、銀行に行って虎の子をおろしてきた。こちらに落ち度があるのは間違いないので、誠意をこめた謝罪金として渡すつもりだが、百万円で許してもらえるだろうか？　それ以上となると、秀二郎には店を手放すより他にまとまった金を用意する手段がなく、自分の城を失うことがいよいよ現実味を帯びてくる。

店に入った。純喫茶の店内の雰囲気は外観よりずっと古めかしく、胡散くさい客ばかりが眼についた。くわえ煙草でスポーツ新聞を眺め、競馬の予想をしているようなのはまだ全然いいほうで、中年男同士で身を乗りだしてこそこそと密談に耽っている連中が多い、中には青ざめた若い女の子の前で偉そうに脚を組んでいる黒いスーツの男などもいて、ＡＶか風俗の面接にしか見えなかった。

純菜は店のいちばん奥のテーブル席にいた。

秀二郎がやってきたことに気がつくと、「あっ」と口を開いて手をあげた。帽子やサングラスで顔を隠していなかったし、ひとりだった。

（ゆっ、油断はできないぞ……ダンナはトイレに行っているかもしれないし、あとから来るのかもしれない……）

秀二郎は緊張にこわばりきった顔で、純菜の正面に腰をおろした。

「今日はすいません。わざわざ……」

純菜は笑顔を浮かべてねぎらいの言葉を口にした。拍子抜けするような態度なうえ、ピンクのワンピースを着ている。シックにくすんだピンクで、大人っぽいデザインではあったが、秀二郎はその装いに小さく衝撃を受けた。

「この喫茶店、昔よく来たんです。事務所がこの近くにあったから、取材なんかもここでよく受けてて……普通のカフェより席と席の間隔が空いてるし、まわりからもね、全然干渉されないでしょう？」

たしかに、この店の利用客には、アイドルを見かけたくらいで騒ぎだすような人間はいないかもしれない。

だが、そんなことよりピンクのワンピースが気になった。純菜はアイドル時代、よくこんなことを言っていたからだ。

『わたしにとってピンクは特別な色なんです。赤や黄色や白も好きですけど、ここぞっていうときはやっぱり、ピンクの服を着ますね。それだけですごくご機嫌になります』

実際、目の前の彼女はニコニコ笑っている。どう見ても気分は上々で、猥褻行為を働いた卑劣漢を責めたてるようなムードではない。

ウエイトレスが注文をとりにきたので、秀二郎はホットコーヒーを頼んだ。すぐに運ばれてきて、目の前で白い湯気を揺らした。

「あっ、あのう……」

秀二郎はコーヒをひと口飲んでから、上眼遣い（うわめづかい）で彼女を見た。

「お連れの方は、まだなんですか？」

「えっ？　わたしひとりですよ」

純菜は不思議そうな顔で答えた。

「デートに誰か連れてくるなんて、そんな人います？」

秀二郎は凍りついたように固まった。

「いっ、いまデートとおっしゃいましたか？」

「おっしゃいましたよ」

純菜は楽しげに笑っている。

「上野公園とか不忍池（しのばずのいけ）とか、お散歩しましょうよ。今日は天気もいいし、気持ちいいですよ」

意味がわからなかった。

「どっ、どうして……僕とあなたが……デートなんて……」

「野暮なこと訊くんですね」

純菜はにわかに真顔になると、身を乗りだして声をひそめた。

「わたし、男の人に下着を見られたのって、夫以外には藤丸さんだけなんです。デートくらいしてもらう権利があると思いますけど」

頬をふくらませ、唇を尖らせて、わざとらしく怒った顔をつくる。アイドル時代からお得意の表情だが、怒っているというより、おどけているのだ。相手に甘えていると言ってもいい。

ますます意味がわからず、混乱する一方の秀二郎を尻目に、純菜は伝票を持って立ちあがった。そのまま会計に向かったので、秀二郎はあわてて追いかけ、

「ぼっ、僕が払います」

と言ったが、純菜はとりあってくれなかった。

店を出ると、賑やかなアメヤ横町を肩を並べて歩いた。向かう先は上野公園らしいが、すれ違う男たちが例外なく振り返る。

帽子やサングラスで顔を隠していなくても、純菜が元アイドルだと認識している者はいないだろう。なにしろ、十五年も前に引退しているのだ。三十五歳になった純菜はかつての栄光ではなく、現在の美貌で男たちの視線を惹きつけていた。

(そっ、そりゃあ、振り返りたくもなるよな……)

チラッと横顔をのぞき見ただけで、秀二郎の息はとまり、心臓が高鳴った。かつての「推し」だということを差し引いても、純菜の存在感は際立っていた。

すらりとした細身のスタイル、風に揺れる長い黒髪、圧倒的な小顔と端整な眼鼻立ち、白いハイヒールを鳴らして少し大股気味に歩く姿は颯爽として、まるでランウェイを行き来しているモデルのようだ。色彩が氾濫するアメヤ横町の景色の中にあって、彼女だけがひとり、清らかな透明感でまわりから浮いている。

「思い出の土地なんですよね、ここ……」

アメヤ横町を抜け、大通りを渡って不忍池の敷地内に入ると、純菜は眼を細めて景色を眺めながら、問わず語りに話を始めた。

「デビューしてしばらく売れない時代が続いたから、写真撮影っていえばかならずここだったんです。事務所から歩いてすぐっていう理由だけで……アイドルのグラビア撮影っていったら、普通は海とかに行くじゃないですか、じゃなきゃスタジオですよね、でもわたしは近所の公園……悲しかったなあ。同期の友達はわりと早くに売れた子が多いから、来週はグアムとか、来月はパタヤビーチなんて話、よく聞かされてたし……」

「じゅっ、純菜さんだって、売れてからはニューヨーク行ったり、ヨーロッパで古城巡りしたり、すごかったじゃないですか……」

「よくご存じで」

純菜は嬉しそうに笑った。

「さすがファンクラブ会員番号一番」

「いやあ……」

秀二郎は照れた顔で頭をかいたが、純菜はまだ悲しい思い出に耽っている。

「同期と比べて自分は湘南にも連れていってもらえない、なんていじけてましたけど、そういう毎日が一年、二年と続くと、別の悲しさがやってくるんですよね。撮影をしてても、まわりが気になってしようがなくなった。まわりのカップルが……ここにいると、自分と同世代の高校生のカップルが、仲よくボートに乗ったりしているところが眼に飛びこんでくるわけですよ。まだ午前中で、制服姿だったりすると、学校行かなかったのかな？　なんて想像して……高校生のカップルが、授業をサボってデートなんて、めちゃくちゃエモいじゃないですか？」

「そっ、そうですね……」

秀二郎はこわばった顔でうなずいた。制服姿の高校生カップルは、いまも何度かすれ違ったが、元アイドル、元推しの純菜と肩を並べて散歩をしている自分のほうが、百万倍もエモいと思った。

「当時はすごく羨ましかった。わたしも普通の高校生だったら、彼氏とかいたのかなあっていつも考えてて……売れないくせにアイドルなんて続けているより、そっちのほうがずっと幸せなんじゃないかって……」

純菜はアイドル活動を始めてからブレイクするまで、三年前後の時間を要している。自分たち初期からのファンが、もっと熱心に応援すればよかったんだと、秀二郎は自責の念に駆られた。ブレイクできないアイドルなんてつらいに決まっているのに、あろうことか秀二郎はその状況を満喫していたのだ。小さなイベントで、至近距離から彼女を眺めることができるという姑息な理由で、べつに売れなくてもいいとさえ思っていた。

（マジで申し訳なかったな……）

ブレイクしてからは同期の誰よりも売れたし、引退してから十五年も経つにもかかわらず、まだ当時のことを悲嘆しているなんて、一介のファンである自分には想像もできないほどのストレスを抱えていたに違いない。

「ボッ、ボートに乗りませんか？」

口から飛びだした衝動的な言葉に、秀二郎は自分でもびっくりした。すかさず「冗談ですよ」と笑って誤魔化そうとしたが、

「……本当に？」

純菜が眼を輝かせたので、引っこみがつかなくなってしまった。

「嬉しい。わたし、ボートなんて乗ったことないから……」

「実は僕もないんですよ。うまく漕ぐ自信はありませんが、天気もいいし……」

「じゃあ、行きましょう。あっちですよ、ボート乗り場」

完全に浮かれはじめた純菜に、秀二郎はついていくしかなかった。ボート乗り場に浮かんでいるボートを見ると、冷や汗がとまらなくなった。

不忍池で乗ることができるボートは三種類――オールを手で漕ぐローボート、足で漕ぐサイクルボート、そしてやはり足で漕ぐスワンボートである。

ボート初心者、今日が初体験であることを考えれば、手で漕ぐタイプより足で漕ぐタイプのほうが操作は簡単そうだった。しかし、シンプルなデザインのサイクルボー

トは出払っており、足で漕ぐのなら白鳥をかたどったスワンボートしかない。

（こっ、これはさすがに恥ずかしすぎるだろ……）

秀二郎は胸底でつぶやいた。おまけにスワンボートだと、純菜と肩を並べて漕がなければならないのだ。

高校生くらいのカップルなら、それもいいだろう。キャッキャとはしゃぎながら汗をかきかき漕いでいると、肩や手が触れあってしまったりして、忘れられない思い出ができるかもしれない。

だが、こちらはいい大人なのである。スワンボートはあり得ない。それに、恋人同士でもなんでもないのに肩を並べてボートを漕ぐなんて、図々しいにもほどがある。相手は「推し」だ。汗をかくのは彼女を推しているこちらだけでいい。

「これにしましょう」

秀二郎がローボートを指差すと、

「大丈夫ですかぁ？」

純菜は悪戯っぽい笑みを浮かべながら顔をのぞきこんできた。

「手で漕ぐのって難しそうじゃないですか？　スワンボートにしましょうよ。そうすれば、一緒に漕げるし」

「いやいや、ボートを漕ぐのは男の役目ですから。純菜さんは優雅に風にでも吹かれててください」

ローボートに乗りこんだ。秀二郎と純菜は向かいあった体勢である。ボート乗り場のおじさんにボートを押され、いざ出発進行――都会とは思えないくらい空が高く、広かった。しかも雲ひとつなく真っ青に晴れ渡っている。

そこまでは絶好のボート日和と言ってよかった。しかし、思ったより風が強い。純菜の長い黒髪は、直しても直してもすぐに乱れてしまう。池だから波などないはずなのに、やたらとボートが揺れる。

「大丈夫ですか？」

ギィ、ギィ、とオールを引きつけながら、秀二郎は純菜に声をかけた。

「こういうボートって、あんがい揺れるんですね。今日は風も強いし……」

「全然大丈夫ですよぉ」

純菜は笑っている。笑いながらも、乱れた髪を直す手をとめられない。

「初めての経験だから、なんでも新鮮」

「ならいいですが……」

「いまわたしがなに考えてるかわかります？」

「高校時代にタイムスリップですか？」

「違いますよー。逆です、逆。高校時代にボートに乗らなくてよかったな、って」

「えっ、それはどうして？」

「だってぇ……あのとき我慢したからこそ、大人になってこんな新鮮な思いができてるんですよ。鳴かず飛ばずでも仕事を頑張ってたご褒美に、ファンクラブ会員番号一番の人がエスコートしてくれて……」

それが彼女の本音なのかどうか、秀二郎にはわからなかった。しかし、言った瞬間、純菜は恥ずかしそうに頬を赤く染めた。

秀二郎の顔も燃えるように熱くなっていた。ピンクのワンピースが風を孕(はら)み、いまにもパンティが見えてしまいそうだったからである。

悪戦苦闘しながら、なんとかボート乗り場に戻った。不忍池に沿って、来た道を戻っていく。これで解散だと少し淋しいな、と秀二郎は思っていたが、

「せっかくだから、動物園にも行ってみません？」

純菜が甘えるような上眼遣いを向けてきた。

「なんだか本当に、高校生のデートコースみたいですけど……」

「べつにかまいませんが……」

秀二郎は内心で小躍りしていた。デートが延長されたことに加え、純菜がとても楽しそうだったからだ。つまり、彼女は退屈していないらしい。少なくともいまのところは……。

だがそのとき、

「栗原純菜さんですよね？」

三、四十代と思しき太った男が、いきなり声をかけてきた。

「じっ、自分、ファンだったんですよ。握手してもらっていいですか？　てか、握手してください」

秀二郎と純菜は眼を見合わせた。男の風貌が悪い意味でひどくオタクっぽかったからだ。極端に太っているだけではなく、分厚いメガネを指紋で真っ白にしているだけではなく、美少女アニメのキャラクターがプリントされたTシャツを着ていた。おまけにいい大人とは思えないほど態度が不躾で、眼つきもあやしく、コミュ障の匂いが漂っている。

「ファンだったんだから、握手くらいしてくださいよ。自分、家に帰っても手を洗わないでオナニーしますから。三回くらいは続けて出しちゃいますから」

「あんた、失礼だぞ」

秀二郎は男の前に出て、純菜を背中に隠した。

「なんだよ。おたくには関係ないだろ」

「あるに決まってるだろ。連れに暴言を吐かれているんだから」

「どこが暴言なんだよ？　オナニーか？　オナニーなんて生理現象だろ。てか、おたくオナニーしたことないわけ？」

「行きましょう！」

純菜が声をあげ、秀二郎の手を取った。そのまま走りだしたので、秀二郎も走った。

「待てよ、おいっ！」

男の声が後ろから聞こえてきたが、振り返らずに走りつづけた。

2

大通りに出ると、男のストーキングを恐れた純菜がタクシーに乗りこんでしまったので、その日はそこで解散になった。

オナニーを連呼していた不躾な男を憎んでも憎みきれなかった。純菜と会ってからまだ一時間も経っていなかったし、伝えたくても伝えられなかったことがたくさんあったからだ。

秀二郎がやらかしてしまった猥褻行為について、純菜は根にもっていないようだった。少なくとも、夫に告げ口して怖い人たちが出てくるような展開にはならないようで、その点については心の底からホッとしたが、たとえそうであったとしても大人としてきちんとお詫びしたかった。

それに、純菜はもう少し昔話をしたいようだった。きっと昔話ができるような相手がまわりにいないのだろう。彼女のファンクラブ会員番号一番である秀二郎には、うってつけの役割である。

なにより、緊張したり、不安だったり、混乱したりで、純菜とふたりきりの時間をじっくり噛みしめられなかったのが悔しすぎる。かつての推しと肩を並べて景勝地を散歩できるなんて、想像すらしたことすらない奇跡的な出来事だった。

おそらく、純菜とデートをする機会など二度と訪れることがないだろう。できることなら、美奈子に誘われてまた店に来てほしかったが、なんだかそれも難しい気がする。しかし、そんな未来予想図は、清々しいほどきっぱりと裏切られた。

――さっきはごめんなさい。ちょっとびっくりして帰ってしまいましたけど、本当は藤丸さんともっとお話したかったです。

そんなLINEメッセージが、すぐに純菜から届いたからである。

――こちらこそ！　今日は人生最大レベルの感動でした！

――またお会いしてもらえたら嬉しいな。

――本当に？　こちらはいつでも大丈夫です！

――今度は浅草に散歩に行きません？　浅草寺にお参りしましょうよ。

――了解です！

――浅草もいいけど、月島でもんじゃ焼き食べるのもいいかなー。

二度目のデートは翌週にあっさりと実現し、それからだいたい週イチのペースで顔を合わせるようになった。

純菜に誘われれば秀二郎はふたつ返事で快諾し、忠犬よろしく彼女の元へと馳せ参じた。昼間に二、三時間散歩をしたり、軽く食事をしたりするくらいだったが、相手はかつての「推し」であり、三十五歳になっても道行く男を振り返らせる純菜であるから、天にも昇るような気持ちになった。

「ねえ、大将。最近、臨時休業多いんじゃない？」

「週に一度は休んでいるよね、実際のところ」

「いっそ定休日をつくればいいんじゃね。店まで来て臨時休業だと、けっこうがっくりくるからさ」

常連客にはよく咎められた。純菜に呼びだされれば、昼間に仕込みをする時間がなくなってしまうから、店を休むほかない。

それでも秀二郎は、純菜最優先の方針を曲げるつもりはなかった。彼女には大きな借りがあるからだ。

酔って眠っている彼女のワンピースの中をのぞきこんでしまった。普通なら、警察に突きだされたり、膨大な慰謝料を請求されたり、下手をすれば東京湾に沈められても文句を言えない不祥事である。

にもかかわらず、純菜は咎めてこなかった。咎めないかわりに、彼女の「隠れ家」になってほしいようだった。秀二郎は最初、「隠れ家」のことを浮気や不倫と勘違いしていたが、考えてみれば清らかな純菜がドロドロの肉欲に溺れたいなどと思っているわけがない。

モラハラ夫との生活に疲れ、うんざりしている彼女は、ちょっとした息抜きが欲しいだけなのだ。いかにも純菜らしい、と言わざるを得なかった。夫に不満を抱いたら最後、マッチングアプリを使って男漁（おとこあさ）りに精を出し、爛（ただ）れたセックスばかりしている不潔な人妻とは大違いだ。

秀二郎にしても、散歩をしたり、食事をしたりするくらいなら、罪悪感には駆られない。本音を言えば、純菜の夫のコワモテぶりを思いだすと、いつだって冷やひやものだったが、肉体関係さえなければ浮気にも不倫にもならないし、友達と変わらないだろう。そして、いまの純菜に必要なのは、自分の栄光の時代をよく知っている、気の置けない友達なのである。

自分がそういう相手として選ばれたことが光栄だったし、誇らしくもあった。ファンクラブ会員番号一番をゲットできた幸運、そして珍しい姓名に恵まれたことに感謝せずにはいられなかった。

純菜が逢瀬(おうせ)に指定してくる場所は、どういうわけか東京の東側、いわゆる下町エリアが多かった。上野、浅草、月島……谷中、深川、門前仲町……いずれにしろ、元アイドルにはあまり似つかわしい感じがしない。

所属事務所が上野にあったというから、土地勘があるのかと思ったが、そういうわけでもないらしい。下町に暮らし、下町に店を構えている秀二郎に気を遣ってくれている、というわけでもないようだ。

元アイドルであり、現在は経営者を夫にもつ身であればこそ、銀座、赤坂、六本木のようなところは飽きてしまっているのかもしれなかった。自宅は泣く子も黙る高級住宅街、渋谷区松濤にあるらしいから、青山や表参道のような近場のおしゃれタウンでは、知りあいとばったり顔を合わせるリスクもある。

いずれにせよ、秀二郎にとってはありがたい話だった。純菜とデートできるとなれば地獄の果てにでも行く用意があるが、下町であれば緊張もしないし、評判のいい飲食店の情報も自然と耳に入ってくる。

その日は、台東区根岸にある老舗の蕎麦屋に行くことになっていた。

〈焼トンの店 ひで〉の常連客に教わった店で、名物の二八蕎麦も絶品なら、いわゆる蕎麦前——酒の肴が充実しているらしい。

——うれしい！　わたしお蕎麦大好きなんです。

純菜の反応も悪くなかったので、秀二郎は意気揚々と出かけた。

ただ、待ち合わせ場所であるＪＲ鶯谷駅のホームに降りた瞬間、冷や汗をかいてしまった。ホームの前にラブホテルがずらりと建ち並び、林立する看板が丸見えになっていたからである。

下町に暮らし、下町に店を構えている秀二郎でも、鶯谷駅を利用したことがあるのは数えるほどしかなかった。人に連れられて飲みにきたことがあるくらいなので、駅前がラブホテル街になっていることをすっかり忘れていたのだ。

（まいったな、気まずい雰囲気になったらどうしよう……）

純菜の視線をラブホテルからそらせるため、秀二郎は彼女が電車から降りてくると、マシンガントークで迎え撃った。蕎麦前のメインはやはり「抜きもの」だろうとか、日本酒もいいけど蕎麦焼酎の蕎麦湯割りも悪くないなどと、どうでもいいうんちくを早口でまくしたてていたせいで、改札口を間違えた。南口から出なければならないのに、気がつけば北口から出てしまっていた。

鶯谷駅は北口と南口の様相が全然違う。南口は都心とは思えないほどのどかな景色がひろがっているのだが、北口は出た瞬間にラブホテル街である。真っ昼間にもかかわらず薄暗い路地は淫靡（いんび）なムードがあたり一帯に漂い、なんだかここだけ湿気が三割増しになっているようだ。

（うっ、嘘だろ……）

焦った秀二郎はとにかくラブホテル街から抜けだそうとしたが、道がわからないうえに闇雲にうろうろしているだけだから、歩いていも歩いてもラブホテルの看板ばかりが眼に飛びこんでくる。スマホで地図を確認したくても、その場に立ちどまることが恥ずかしい。まるで迷路に迷いこんでしまったように、ラブホテル街から脱出することができない。

「ねえねえ、秀さん……」

純菜が声をかけてきた。何度かの下町デートを重ねたことで、呼び方が「藤丸さん」から「秀さん」に変わっていた。いかにも親しげなその呼び方を秀二郎はたいそう気に入っており、呼ばれるたびに胸をときめかせるのだが、いまはそれどころではなかった。

「秀さんって、こういうところ入ったことあります？」

「えっ……」

秀二郎の顔はひきつった。純菜が「こういうところ」と言ったのは、ラブホテルに違いないからである。

「まあ、その……それはその……」

「わたし、ないんですよねえ……」

そうだろう、そうだろう、と秀二郎は内心でうなずいた。純菜のような高嶺（たかね）の花を、簡易セックスのための休憩所に連れこめる男なんているはずがない。

「だから、入ってみたいんですよね、一回くらい……」

「……えっ？」

秀二郎は驚いて純菜を二度見した。大きな黒眼をキョロキョロさせて、薄暗い路地の景色に興味津々のようだった。彼女が立ちどまったので、秀二郎も立ちどまった。あたりはラブホテルの看板がうんざりするほどひしめきあっていて、入ろうと思えばどこでも選り取り見取りだった。

3

冷や汗がとまらなかった。

女と肩を並べてラブホテルに入り、無人のフロントにあるパネルで部屋を選んで、エレベーターに乗りこむ——恋人同士ならごく普通のことなのかもしれないが、秀二郎にとっては二重の意味で異常事態だった。

まず、隣にいるのは恋人でもなんでもなく、元アイドルの「推し」であり、いまはぎりぎり友達の末席に座らせてもらっているような、頼りない関係の女だった。純菜はただ単に「大人の社会科見学」でラブホテルの中を見てみたいようだったが、それにしても考えられない状況である。

そのうえ、秀二郎にしてもラブホテルに入った経験などなかった。恥ずかしながら三十五歳にして、彼女いない歴三十五年。かろうじてセックスの経験こそあるものの、いわゆる素人童貞であり、ソープ嬢としか体を重ねたことがない。

「このエレベーター、動きがすごく遅いですね」

純菜が小声で言い、楽しげに顔をほころばせる。たしかにそのエレベーターは、部屋のある七階に到着するまで気が遠くなりそうなほど長い時間がかかった。おまけにゴンドラが異様に狭いので、閉じこめられているような気分になり、息が苦しくなってくる。

チン！　と音がしてようやく七階に辿りついたと思ったら、内廊下はお化け屋敷のように暗くて、７０１という部屋の番号だけがピンク色の光を放っていた。部屋に入っても息苦しさは解消されることなく、秀二郎は呆然と立ち尽くしていることしかできなかった。

「へええ、こんな感じなんですね……なんだかイメージと違うなあ……」

純菜は両手を後ろに組み、舞台に出てきた無垢のヒロインのように部屋の中を見渡している。ピンクが勝負カラーという彼女だが、今日は水色のワンピースだった。それはそれでよく似合っているというか、暖色系よりも寒色系のほうが、彼女の気品をよりいっそう際立たせると秀二郎は思う。

だがしかし、そんな彼女が見てまわっているのは、淫靡な空気がとぐろを巻いている密室だった。思ったよりもどぎつい空間ではなかったが、それでも窓がなかったり、ベッドが巨大すぎるほど巨大だったりで、ここがセックスのためだけに用意された空間であることがわかる。

セックス……。

それは純菜とはもっとも遠い言葉のはずだった。アイドル時代は男の影なんてひとつもない優等生だったし、彼女は処女だと秀二郎は頑なに信じていた。もちろん、そんな幻想はできちゃった結婚によってぶち壊され、純菜は二十歳の若さで子供を産んでいる。さらにその後、曲がりなりにも十五年も結婚生活を続けているのだから、夜の営みと無縁というわけではないだろう。あのコワモテの夫に裸を見られ、女の恥部という恥部を好き放題にまさぐられているのだ。

しかし、目の前にいる純菜は、ラブホテルという淫靡な空間にたたずんでなお、清らかだった。いや、こういう場所にいるからこそ、清潔感や透明感が際立っている。アイドル時代に負けないくらい……。

「ねえ、秀さん……」

純菜がこちらを見る目は輝いていた。おそらく好奇心で……。

「ここに来る人って、もれなくその……エッチなことするわけですよね？」

「そっ、そうだろうねえ……」

「浮気とか不倫とか、おうちだとエッチできない人たちが、もう我慢できないって感じて駆けこんでくるんでしょうか？」

「そっ、そうかもしれないねえ……」

秀二郎の顔は熱くなった。純菜の追っかけをしていた青春時代、彼女とこんな会話をする日が来るなんて、夢にも思ったことがない。

「どんな感じなんでしょうか？　部屋に入ってくるなり言葉もなく抱きあって、むさぼるようにキスをするとか……」

まっすぐにこちらを見て言われ、秀二郎の緊張感はピークに達した。純菜の眼は相変わらず輝いていた。しかしそれは好奇心によるものではなく、もっと別の感情が彼女の中でうごめいているように感じられ、息もできない。

「とっ、とりあえず、ビールでも飲もうか？」

秀二郎は気まずさにこわばった顔をそむけ、冷蔵庫に向かった。純菜は酒豪であるだけではなく、昼酒を厭わない大人の女だった。今日だって蕎麦屋で一杯という目論見だったのだから、アルコールで雰囲気をほぐすことは許されるだろう。

冷蔵庫の扉を開けると、ドリンクそれぞれに値段がついていた。自動販売機のようだが、見慣れないシステムだった。それでもとりあえず小銭を出し、缶ビールを二本買い求める。

「……えっ」

振り返った秀二郎は、両手に持っていた二本の缶ビールを落とした。拾うことはおろか、床に転がったそれに視線を向けることさえできなかった。

純菜が下着姿で立っていたからである。

白をベースに水色のレースや刺繍（ししゅう）がついている可愛らしいブラジャーとパンティだった。早着替えで鍛え抜かれた元アイドルの面目躍如か、こちらが缶ビールを買っている間にワンピースはおろか、ストッキングまで脱いでいたが、そんなことに感心している場合ではない。

下着も可愛らしかったが、白い素肌がまぶしかった。引退記念写真集で見ていたから、純菜が輝くような美肌の持ち主であることは知っていた。十代のころの美しい白さはそのままに、三十五歳の色香が追加されていた。

ハーフカップのブラジャーから控えめにはみ出した胸の隆起、細くくびれた腰から長い脚に流れるライン、上品な顔立ちに似合わないほど量感あふれる太腿、そして股間にぴっちりと食いこんでいるハイレグ気味のパンティ……。

ごくり、と秀二郎は生唾を呑みこんでしまった。いったいなぜ、純菜が下着姿を見せてきたのかわからなかった。推測することさえできない。衝撃的な光景を前に、思考回路がショートしてしまっている。

「服を脱いでも、抱きしめてくれないんですか？」

純菜が上眼遣いで見つめてくる。困ったように、拗ねたように、唇を少し尖らせて……。

「だっ、抱きしめてって……いったいなにを言っているんですか？」

秀二郎は戸惑いきった顔で返した。この状況がまったく理解できなかった。

「だって、ここはエッチなことをするところでしょう？　せっかく入ったんだし、しましょうよ、エッチなこと」

「ばばばっ、馬鹿なことを言わないでくれ」

秀二郎は滑稽なほど上ずった声で言った。

「どっ、どうして僕が純菜さんにそんなことっ……たしかに僕はあなたの大ファンだった。でっ、でも、誓っていうけど、あなたのことをエッチな眼で見たことなんかないんだ。ファンの中にはそういう人間もいたかもしれない。とくに引退記念写真集はセクシーカットが満載だったから、なんていうかその……オカズにしたり。でも、僕は違う。断じて違う」

「わたしのことなんて、女として見られない、ってこと？」

純菜はひどく悲しげな顔で言った。

「下着になっても抱きしめてもらえないくらい、女としての魅力がない？」

「いやいやいや……」

秀二郎はあわてて言葉を継いだ。

「みっ、魅力はあるよ。あるに決まってる。この世に女が何十億人いようが、純菜さんは最高に魅力的な女だ。でも、魅力がありすぎて、もはや天使とか女神とか、そういうレベルなわけですよ！」

「わたしは天使でもなければ、女神でもない……」

じりっ、と純菜がこちらに近づいてきた。下着姿というあり得ない状況におののき、秀二郎は後退った。「ああっ！」と悲鳴をあげてしまった。先ほど床に落とした缶ビールを踏んでしまい、後ろに転んだ。泣きたくなるほど間抜けだったが、そんなことはどうだっていい。

あお向けに倒れてしまったことで、露わになってしまったことがある。股間のもっこりが、純菜にも丸わかりになってしまった。咎めるような眼つきで、秀二郎の顔ともっこりを交互に見ている。

（さっ、最悪だ……）

秀二郎は眩暈(めまい)を覚えた。いっそのこと煙のように消えてしまいたいくらいだったが、現実というものはそんなに甘くない。

「わたしが天使や女神だったら……」

純菜は低く抑えた声でささやきながら、秀二郎の横側にひざまずいた。

「秀さんは興奮しないはずですよね？　天使や女神は、エッチなこと考える対象じゃないんでしょう？」

もっこりと盛りあがった股間を一瞥(いちべつ)され、

「いっ、いや……これは興奮っていうか、生理現象っていうか……」

秀二郎は言い訳をしようとしたが、

「むううっ！」

言葉の途中でのけぞった。純菜の右手が、もっこりに触れてきたからだった。

強く握られたわけではない。隆起の頂点を軽く撫でられただけだったが、人生最大の衝撃だった。

純菜の手――それは銀色に輝くマイクを握ったり、写真を撮られるときにピースサインをつくる、アイドルの象徴だった。スレンダーなスタイルの彼女は、指も細くて長くて白かった。綺麗な指だなと見るたびにうっとりしていたものだが、その指が、あろうことか自分の股間に触れるなんて……。

「興奮してないんですか？」

すうっ、すうっ、ともっこりの頂点を撫でられた。刺激はやはり微弱だったが、手つきがいやらしくなっていた。人差し指と中指と親指の三本を使って、頂点をつまむように撫でてくる。

「おおおっ……おおおおっ……」

真っ赤になって身をよじっている秀二郎を眺めている純菜は、まぶしげに眼を細めて甘い声でささやいてきた。

「わたし、天使でも女神でもないですから……生身の女ですから……もうアイドルじゃなくて、ただの女……だから興奮してもいいんですよ……」

もっこりと撫でる手つきが、また変化した。今度は頂点部ではなく、竿(さお)の裏側を撫でてきた。すりっ、すりっ、と下から上に撫であげては、睾丸(こうがん)までもみもみと刺激してくる。

「くっ、くおおおーっ！　ぬおおおおーっ！」

秀二郎の腰が浮きあがる。グラインドまでしてしまう。浅ましいことをしているとわかっていても、どうすることもできない。

4

「苦しいんじゃないですか？」

もっこりを撫でさする手をとめて、純菜が訊ねてきた。

「男の人ってこうなっちゃうっと、すごく苦しいんでしょう？」

純菜が「こうなっちゃう」と表現したのは、もちろん勃起のことだった。ズボンを穿いている状態で痛いくらいに勃起すれば、苦しいに決まっている。一刻も早くズボンもブリーフも脱ぎ捨てたくて、いても立ってもいられなくなる。

とはいえ、かつての「推し」を前に、そんなことを言いだすことはできない。「推し」の前ではいつだって紳士たれというのが、秀二郎のファンとしての矜持だったので、

「くっ、苦しくないっ！　苦しくないですっ！」

真っ赤に染まった顔を左右に振った。

「苦しくないからとりあえず、その手を股間から離してもらっていいですか？　まず

は落ちつきましょう。落ちついてビールでも……」

言いつつも、あお向けになった体を起きあがらせることができないのが情けない。秀二郎は金縛りに遭ったように動けなかった。

「本当に苦しくない？」

純菜は悪戯っぽく眉をひそめて言うと、驚いたことにベルトをはずしはじめた。

「ちょっ……なっ、なにをっ……なにをするんですっ！」

ベルトとズボンのボタンをはずされ、ファスナーをさげられていく。純菜は秀二郎が動けないのを見透かしたように、ブリーフごとズボンをめくりおろした。

「あああーっ！」

女のような悲鳴をあげた秀二郎の股間で、勃起しきった男根がいきり勃つ。服と下着から解放された悦びを示すように、ビクビクッ、ビクビクッ、と跳ねまわっては、臍に張りつく勢いで反り返る。

「ねえ、秀さん？　本当に苦しくないの？　ふたりしかいないのに嘘をつかれたら、純菜、悲しいな……」

生身の男根に白魚の指を巻きつけられ、

「ぬおおおおーっ！」

秀二郎はブリッジするようにのけぞった。

「本当は苦しいんでしょう？　秀さんが悪いんじゃなくて、男の人の体はそういうふうにできてるんでしょう？　せっ、精子を吐きださないと苦しくてしようがない、ってふうに……」

ささやきながら、すりっ、すりっ、と男根をしごきたててくる。握り方は弱く、ほとんど指先を添えるだけだった。にもかかわらず、身をよじらずにはいられないほど強烈な快感が訪れる。微弱な刺激をコントロールできることが、いかにも熟練の手つきだった。そう、彼女は人妻——元アイドルでも、夜の営みの場数は踏んでいる。

（たっ、助けてくれっ……）

純菜の手コキに翻弄され、秀二郎は気が遠くなりそうになった。彼女の追っかけをやっていた、青春時代の一コマ一コマが、走馬燈のように脳裏を流れていく。穢れを知らない純菜を追いかけていたあのころ、秀二郎も純粋だった。自分の「推し」がセックスなんてするわけがないと思っていたし、なにかの拍子にそういう想念が浮かんでくると、自分を厳しく叱りつけた。

純菜はいつだって気品のある優等生のお嬢さまだった。歌も踊りもへたっぴだったが、ステージでマイクを握れば元気に歌って踊っていた。その姿に、秀二郎はいつも励まされていた。彼女と同じ時代に生まれ、同じ空気を吸いながら応援できることが、なによりも幸せだった。

だがいま、あのころ聖なる存在だった「推し」が、勃起しきった自分の男根をしごいている。その手つきは人妻らしい熟練にあふれ、それだけでも衝撃的なのに、鈴口からじわっと先走り液が漏れてくると、「やーん、なんか出てきた」とアイドル時代を彷彿とさせるブリッ子芝居まで見せるので、男心をどこまでも揺さぶりたてられてしまう。

すりっ、すりっ、と男根をしごかれるたびに、秀二郎は正気を失っていった。手コキの店なら何度か利用したことがあり、昨今流行りのサキュバス（女淫魔）の格好をした若い女の子に抜いてもらったが、刺激も興奮も段違いだった。

若い女は男根を強く刺激すればいいと思っているが、三十五歳の人妻は男のツボをきっちり押さえたソフトな愛撫を心得ている。おまけに純菜は、サキュバスどころか下着姿なのだ。伝説のアイドルが九割ほども素肌を露出しているのだから、眼福という観点からも手コキマッサージ店など足元にも及ばない。

（もっ、もうダメだっ……）

顔中に脂汗を浮かべて歯を食いしばっていた秀二郎だが、射精の前兆に男根の芯が甘く疼きだすと、すべてを諦めなければならない未来を悟った。「推し」の手コキで射精などしてはならないという思いが、射精がしたくてしようがないという思いに負けそうだった。

秀二郎の体は硬くこわばり、小刻みに震えていた。射精を耐えきることなどおよそ不可能な離れ業に思えたし、純菜の愛撫も熱を帯びてきている。いつの間にか、すりすりっ、すりすりっ、としごくピッチがあがっていた。いまでも彼女の純粋なファンでいたかったが、どうやらそれは無理なようだった。噴きこぼれた先走り液が包皮の中に流れこみ、ニチャニチャと卑猥な音をたてている。どれほど気持ちがいいオナニーをしても、これほど大量の我慢汁を漏らしたことはない。

「ダッ、ダメだっ！　ダメですっ！」

秀二郎が切羽つまった顔で純菜を見ると、

「なにが？」

無邪気な感じで訊ねられた。

「でっ、出るっ……もう出そうっ……」

「出して楽になりたい？」

「なっ、なりたいっ……楽になりたいですうううーっ！」

断腸の思いで、秀二郎は叫んだ。純菜の手コキで射精したりしたら、おまつさえおのれが吐きだした白濁液で彼女の美しい手指を汚したりしたら、激しい自己嫌悪で二、三日寝込むことになりそうだったが、それでももう我慢できない。

だが、次の瞬間、

「ダメですよ」

純菜は勃起しきった男根から右手を離した。

「ここはエッチをするところでしょう？　秀さんばっかり気持ちよくなるのは、ずるいじゃないですか」

両手を後ろにまわし、小さく身をよじる。ブラジャーのホックをはずしているらしい。白をベースに水色のレースや刺繍で飾られた可愛らしいカップが、はらりとめくり落とされた。

(うおおおおーっ！)

秀二郎は内心で絶叫した。丸々と実ったふたつの胸のふくらみが眼に飛びこんでくると、頭の中が爆発しそうになった。

十八歳から二十歳までと期間は短かったが、純菜は一時期、日本を代表するトップアイドルだった。日本全国の男たちが夢にまで見た乳房がいま、生身の姿をさらけだし、手を伸ばせば届く距離で揺れているのだ。

「秀さん……」

純菜は甘くささやきながら、秀二郎の右手をつかんだ。そのまま自分の胸へと、ゆっくりと導いていく。

むにっ、と手のひらに柔らかい乳肉の感触が伝わってくると、秀二郎の息はとまった。瞬(まばた)きはとっくにできなくなっていた。いま右手が触れたのは隆起の裾野のほうだが、先端にはあずき色の乳首が鎮座している。

思ったよりも、くすんだ色だった。三十五歳の人妻であり、子供までいるのだから、おかしなことではないけれど、純菜の乳首は薄ピンクだとばかり思っていた秀二郎は、少なからず落胆した。誰よりも清らかな純菜の乳首は、清らかな薄ピンク以外あり得ないと思っていたからだ。

とはいえ、落胆したのは一瞬のことで、すぐに異常な興奮に駆られることとなった。三十五歳になっても純菜の顔は清らかで、そうであるがゆえにあずき色の乳首とのギャップがすごすぎる。

はっきり言ってエロかった。年相応の色香をたたえた純菜とはいえ、あずき色の乳首がもたらしたインパクトは、想像をはるかに超えていた。お嬢さまめいた顔立ちからは想像もできないほど濃厚なエロスを放射して、秀二郎を悩殺した。

しかし……。

「ねえ、秀二郎さん、触って。純菜のおっぱいもみもみしてえ……」

純菜が鼻にかかった甘い声でささやきながら右手をぐいぐい乳房に押しつけるので、のんびり悩殺されていることもできなかった。

右の手のひらが、丸い隆起に密着していた。純菜は細身なので、乳房はそれほど大きくなかった。どちらかと言えば慎ましいサイズだったが、だからと言って存在感がないわけではない。

女らしい丸みはもちろんあるし、張りがあって素肌はもちもち、まだなにもしていないのに、手のひらに吸いついてくるようだ。

（ダッ、ダメだっ……）

秀二郎は我慢しきれずに、手指を動かした。丸い隆起にやわやわと指を食いこませると、「推し」を穢している罪悪感に目頭が熱くなってきた。だが、それよりはるかに強烈な興奮が、全身の血を沸騰させていく。

（こっ、これが「推し」のっ……純菜のおっぱいっ……）

気がつけば、鼻息も荒く揉みしだいていた。となると、隆起の頂点が気になってしようがない。まだ触れていないのに、くすみ色もいやらしい乳首がツンツンに尖りきっている。

「ああんっ！」

ちょんっ、と指で触れると、純菜は甲高い声をあげた。乳首が敏感なタイプらしく、身をすくめてぶるっと震えた。その仕草もエロティックだったが、次の瞬間、身を翻して秀二郎にまたがってきた。

「ああんっ、してっ！　もっとしてっ！」

上から覆い被さった馬乗りの状態で、双乳を秀二郎の顔に押しつけてきた。柔らかな白い隆起に鼻が埋まる勢いだったので、手指を差しこむスペースがなく、「して」と言われても為す術がなかった。

5

よくよく考えてみれば、純菜の振る舞いは三十五歳の人妻としてそれほど異常なことではなかった。

素人童貞の秀二郎でも、女にだって性欲があることくらいは理解している。性欲はあるけれど、なんらかの事情があって夫婦の営みを営めない人妻が、浮気や不倫に走っていると。

だが、純菜の場合、そういったごく一般的な常識があてはまらないタイプなのだ。かつての「推し」であったことを差し引いても、欲求不満の人妻には見えない。その美しく気品にあふれた容姿からは、性欲があるだなんて信じられないのである。

しかし、当の純菜は、

「ああんっ、してっ！　もっとしてっ！」

もはや吹っ切れてしまったような大胆さで、剝きだしの双乳を秀二郎の顔になすりつけてくる。こちらからはなにもできないので、柔らかな乳肉の感触や、いやらしいほど硬く尖っている乳首を、顔面で感じている他はない。

「むううっ！」

秀二郎は顔面を双乳に埋めたまま、眼を白黒させた。下半身に異変が起こったのだ。イチモツはすでに露出され、痛いくらいに反り返っている状態だった。秀二郎の上に馬乗りになっている純菜が、そこにまたがってきたのである。

彼女はまだ、パンティを穿いていた。白をベースに水色のレースや刺繡が散りばめられた可愛いパンティを股間に食いこませているわけだが、おかまいなしに勃起しきった男根に押しつけてきた。

衝撃的な行動だった。秀二郎は、パンティという薄布一枚を隔てて、純菜の大事な部分を感じてしまった。むんむんといやらしい熱気を放っていたから、嫌でも感じずにはいられなかった。

「あああんっ……」

純菜は少しだけ上体を起こし、秀二郎の顔をのぞきこんできた。双乳から顔面を解放され、視界を取り戻した秀二郎も、純菜を見つめた。黒い瞳をねっとりと潤ませ、眼の下を生々しいピンク色に染めた、いやらしすぎる表情をしていた。

「おっ、おっぱい……」

か細く震える声で彼女がささやく。

「おっぱい吸ってくれないの？」

純菜は正気を失っているようだった。なぜかと言えば、腰が動いていた。パンティをぴっちりと食いこませた股間で、生身の男根をこすってきた。元アイドルとは思えないほど浅ましい動きによる刺激が、生身の女の欲望に火をつけて、理性を崩壊させてしまったらしい。そうとでも考えなければ、清らかな純菜が「おっぱい吸って」などとおねだりするはずがない。

純菜は正気を失っていたが、一方の秀二郎も似たようなものだった。かつて憧れ抜いた「推し」が、双乳を剝きだしにした半裸の状態で馬乗りになってきているのだ。その柔らかな隆起の感触を、手指はおろか顔面でまで味わってしまった。さらに、乳首を吸ってとねだられている……。

となれば、もうこれ以上戸惑っていたり、尻込みしていては、純菜に恥をかかせることになるだけだ。清らかな彼女を穢すような真似をしたくはなかったが、もうそんなことは言っていられない。彼女が望むのであれば、どんなことでもふたつ返事で快諾しなくては、ファンクラブ会員番号一番の名折れとなる。

「すっ、吸えばいいんですね？」

秀二郎があずき色の乳首を一瞥してささやくと、純菜はうなずいた。秀二郎はごくりと生唾を呑みこんでから、両手を双乳に伸ばしていった。もっちりした隆起を裾野からすくいあげ、先端を迫(せ)りださせた。口の中に大量の生唾が分泌されているのを感じながら、右の乳首に吸いついていく。

「ああんっ！」

純菜が声をあげた。秀二郎は彼女の乳首を吸っていた。口の中に含むと、やけに存在感があった。まるで興奮の度合いを伝えてくるように、硬かった。気がつけば、滑稽なほどの勢いで左右の乳首を口に含んでいた。鼻息を荒らげ、チュパチュパと音までたてて、元アイドルの乳首を吸いしゃぶっていた。

「ああんっ！　はぁあああああーんっ！」

純菜のあえぎ声はみるみる大きくなっていき、部屋中に響き渡った。彼女は歌が下手だったが、声はとてもいい。やや高めで女らしく、まさしく鈴を鳴らすような声の持ち主だった。

その声が、淫らに歪んでいた。オクターブがあがってヴィブラートがかかり、どこまでもいやらしくなっていく。

「んんっ……」

純菜は上体を起こして乳首から口を離すと、

「秀さん、上手なのね……」

ハアハアと息をはずませながらささやいた。ソープ嬢のおっぱいとしか戯(たわむ)れたことがない自分の愛撫が上手いわけがなかったが、秀二郎は黙っていた。唾液に濡れ光っているあずき色の乳首がいやらしすぎて、それどころではなかった。

「わっ、わたし、もう欲しくなっちゃった……」

純菜がじっとりと見つめてくる。彼女は秀二郎の上に馬乗りになっていた。つまり、上から見下ろしているわけだが、上眼遣いになっていた。人気アイドルに必須のテクニックだが、引退して十五年経ってからも、純菜の上眼遣いは錆びていなかった。その眼で見つめられれば、どんな男でもなすがまま……。

「ねえ、いい？　もう入れていい？」

純菜はささやきながら上体を起こしていった。疑問形で訊ねながらも、こちらの返答など待っていなかった。彼女はまだパンティを穿いたままだった。少し腰を浮かせると、フロント部分を片側に寄せた。

（うっ、うおおおおおおーっ！）

秀二郎はもう少しで叫び声をあげてしまうところだった。純菜の股間に茂ったものが見えたからだった。春の若草のように頼りない生え方だった。繊細な毛がひとつまみかふたつまみくらい、こんもりと盛りあがった恥丘を飾っている。

それは、かつて秀二郎が想像した純菜の陰毛そのものだった。ファンの間では、意外と剛毛説、あるいはＶＩＯ処理説が根強かったが、秀二郎はどちらも違うと思っていた。そしてその想像は、見事に的中していたのだ。

嬉しくて涙が出てきそうだったが、もちろんそれどころではなかった。恥ずかしい陰毛までさらけだした純菜の目論見は、ただそれを見せることではなかった。勃起しきった男根に手を添えると、切っ先を濡れた花園に導いた。

亀頭と花びらがヌルリとすべり、秀二郎は身震いした。手マンもクンニもしていないのに、純菜は濡れていた。濡れすぎているくらいだった。

「ねえ、いい？　秀さん、入れてもいい？」

うわごとのようにささやいてくる純菜は、秀二郎の言葉を待っていなかった。その証拠に、こちらがなにかを言う前に、腰を落としてきた。もっとも、なにかを言いたくても言えないのが秀二郎だったが……。

ずぶっ、と亀頭が割れ目に突き刺さり、

「あううううーっ！」

純菜はせつなげに眉根を寄せた。それでも眼は閉じずに、こちらを見つめてくる。秀二郎も眼を見開き、結合途中の「推し」を見守る。

純菜は時間をかけて、勃起しきった男根を自分の中に導いていった。肉と肉とのすべりを確認しながら、ミリ単位で結合を深めていく。

「あああああーっ！」

すべてを呑みこむと、甲高い声を放ってハアハアと息をはずませた。限界まで眉根を寄せつつ、やはり上眼遣いでこちらを見下ろしてくる。その上眼遣いは、アイドル時代のものとはまるで違った。両脚の間に男の器官——太々と勃起した肉棒を咥えこんでいるのだから、同じはずがなかった。

秀二郎は血走るまなこでむさぼり眺めた。彼女が咥えこんでいる男根は、まぎれもなく自分のものだった。「推し」とひとつになっているという実感が、全身の細胞をざわめかせた。ざわめきはすぐに、さらなる刺激を求める震えに変わり、じっとしていることができなくなった。

しかし、先に動きだしたのは純菜だった。

「んんんっ……」

眼の下を生々しいピンク色に染めたいやらしすぎる顔をそむけ、腰を振りはじめた。最初は遠慮がちだった。身をよじるような軽い動きだったが、やがてリズムに乗りはじめた。クイッ、クイッ、と腰を振り、股間を前後にスライドさせる。アイドル時代には考えられなかった淫らな腰振りダンスを披露して、がっちりと結合している性器と性器をこすりあわせる。

「あぁあああーっ！　はぁあああああーっ！」

純菜のあえぎ声が、一足飛びに甲高くなっていく。そうなってくるともはや、秀二郎も見とれてばかりはいられない。ヌメヌメした肉穴に男根をこすられるたびに、身をよじるような快感が訪れた。経験豊富な男なら、受け身にまわってじっくりとその快感を噛みしめていられるのだろうが、秀二郎には無理だった。

「じゅっ、純菜さんっ……純菜さんっ……」

藁をもつかむように両手を伸ばし、双乳を揉みしだいた。純菜を気持ちよくさせたいというより、なにかせずにはいられなかったのだ。

「はっ、はぁうううううーっ！」

左右の乳首をつまみあげてやると、純菜はひときわ甲高い声をあげ、腰振りの動きを大胆にした。もはやダンスを踊っているというより、肉の悦びをむさぼるような動きで、結合部から粘っこい肉ずれ音をたてる。ずちゅっぐちゅっ、ずちゅっぐちゅっ、という音を撒き散らしながら、清らかな美貌を真っ赤に染めていく。

「ああっ、いいっ！　気持ちいいーっ！」

喜悦の言葉を口から迸らせた純菜は、驚くべきことに両膝を立てた。男の腰の上でM字開脚を披露して、今度は股間を上下に動かしはじめる。女の割れ目を唇のように使い、男根をしゃぶりあげてくる。

（やっ、やりすぎだっ……それはやりすぎだろっ……）

憧れの「推し」にあられもない格好を見せつけられ、秀二郎は泣きそうになった。

正直言って、純菜のこんな姿は見たくなかった。しかし、見せられている以上、興奮せずにはいられなかった。彼女が女の割れ目を使ってしゃぶりあげているのは、他ならぬ自分の男根なのである。

純菜が股間を上下させるたびに、発情の蜜を浴びてヌラヌラと濡れ光っている肉胴が見えた。彼女の陰毛は薄いから、アーモンドピンクの花びらが肉胴にぴったりと吸いついている様子さえばっちり見える。

(ダッ、ダメだっ……これはダメだっ……)

秀二郎は自分の体がガクガクと震えだしたのを感じた。小刻みな震えではなく、経験したことがないような激震だった。経験したことがないような興奮状態にいるのだから、それも当然だった。むしろ、ここまで射精を我慢できたことが奇跡のようなものかもしれない。店の小上がりで純菜の下着をのぞき見たときは、ズボンを穿いたまま出してしまったのだから……。

「ダッ、ダメッ……もうダメッ……」

すがるように純菜を見ると、

「もう出そう?」

ハアハアと息をはずませながら問い返された。彼女にしても興奮状態なのに、やさしげな口調が胸に染みた。

「そっ、そうですっ……このままじゃ……このままじゃ……」

秀二郎は泣きそうな顔で訴えた。コンドームはしていなかった。生で挿入し中で暴発させてしまったら、大変なことになってしまう。

「じゃあ、出して……」

純菜は腰をあげて、女陰から肉棒を抜き結合をとくと、少し後退って秀二郎の両脚の間に陣取った。発情の蜜でネトネトに濡れた男根をつかむと、すこすこっ、すこすこっ、としごきはじめた。握りしめる力は強く、しごくスピードも前戯のときよりずっと速かった。要するに、射精に導くことをはっきりと意識した手コキだった。早くイキなさい、と純菜に言われている気がした。

「おおおっ……おおおおおっ……」

秀二郎は脂汗にまみれた顔をくしゃくしゃに歪めて身をよじった。純菜が腰の上でM字開脚を披露したときから射精の前兆を感じていたが、それがみるみる迫ってきた。できることなら、眼もくらむようなこの快楽タイムを一秒でも長く味わっていたかったが、そんな余裕はなかった。

「でっ、出るっ……もう出るっ……おおおおーっ！　おおおおおーっ！　うおおおおおおおーっ！」

雄叫びをあげて腰を反らせると、純菜の手の中でドクンッと男根が震えた。その中心に灼熱が走り抜け、ドクンッ、ドクンッ、ドクンッ、と衝撃がたたみかけられる。

「うおおおおーっ！　うおおおおおーっ！」

秀二郎は激しく身をよじりながら、男の精を吐きだしつづけた。いままで経験したことがないような快感に全身の痙攣がとまらず、いつもの倍以上の回数、放出は続いた。

すべてが終わったあとのことを考えるとブルーになるしかなかったけれど、いまだけはこの快楽に身を委ね、最後の一滴まで男の精を漏らし尽くそうと思った。

第三章　裸エプロンに悶絶

1

秀二郎の住んでいるアパートは、〈焼トンの店 ひで〉の裏にある。

一年前に開業したときは電車で四十分ほどの距離にある別の街に住んでいたのだが、長っ尻の客がいたり、後片付けに手間取ると終電を逃してしまい、店の小上がりで眠ることになるので、だったらいっそのこと、と近くに引っ越してきたのだ。

独り身なので身が軽く、家財道具は軽トラックで運べる程度しかなかった。布団一式に箪笥（たんす）が一棹、食事用のちゃぶ台に調理器具が少々、あとは着古した服が何着かあるくらいのものだった。

ただ……。

押し入れの中の一角は、日々の生活には直接関係のない、あるコレクションが静かに眠っている。段ボール二箱にびっしりと……。

収集趣味などないのに、十五歳から二十歳までの間、小遣いのほとんどすべてを注ぎこんだ、言ってみれば宝物みたいなものだ。

青春時代のコレクションなんて、大人になれば無用の長物になるものだろう。実際、秀二郎も何度も処分しようとした。引っ越しのたびに捨てたほうがいいのではないかと考えこみ、けれども結局は捨てられなかった。

純菜を応援していたころの思い出の品である。

CD、DVD、写真集などはもちろん、コンサート会場でしか手に入らない生写真も大量にあるし、名前入りのペンライトやタオルは、デザインが変わるたびに買い求めた。その他、純菜がまだ売れっ子になる前のレアなチラシやポスターだって大切に取ってある。雑誌の記事も丁寧にスクラップして、ファンクラブの会報もすべて揃っている。

段ボールを閉じているガムテープをビリッと剝(は)がした。ずいぶんと久しぶりに開けたので、ガムテープが劣化していて剝がすのが大変だった。

「これな……」

秀二郎はファンクラブの会員証を取りだして眼を細めた。栄光の会員番号一番——純菜が売れてからは密かな自慢になったけれど、入会当時は不安になったものだ。べつに一番をゲットしようとしてそうなったわけではなく、週刊誌で募集告知を見かけ、何日か経ってから申し込んだので、こんなに人気がなくて大丈夫なのかと動揺してしまった。

しかし、会員番号が一番であったことで、純菜の記憶に留まっていた。ファンクラブが発足したのは二十年も前の話なのに、名前の珍しさも手伝って、彼女は覚えていてくれた。

それだけでもファン冥利に尽きるというものだろう。できちゃった結婚からの突然の引退でしたたかに裏切られたことも忘れ、感涙にむせび泣いてもいいくらいだったが、純菜はただ覚えていてくれただけではなく、それがきっかけでデートするような関係になったのだから、人生は本当になにが起こるかわからない。

「デートか……」

会員証を眺める秀二郎の眼は、次第に虚ろになっていった。

デートだけをする関係なら、秀二郎の人生はまだ平和だった。コワモテの夫とうまくいっていないと思われる純菜の「隠れ家」となり、週に一回、昼間のうちに二、三時間、下町散策をする程度のことならば、なにも問題はなかった。

だが数日前、ついに一線を越えてしまった。

セックスをしてしまったのである。

そうなると、もはやファン冥利とか感涙にむせぶというレベルの話ではなかった。純菜は「推し」であるとともに、三十五歳の人妻だった。人様の嫁とセックスなんてしていいわけがないのに、拒むことができなかった。

鶯谷のラブホテルの部屋で――。

純菜は騎乗位で秀二郎の男根を咥えこんだ。どう考えても彼女のほうが積極的だったが、責任をなすりつけるつもりはない。秀二郎にしても痛いくらいに勃起していたのだから、罪の重さは同様だ。

アイドル時代はダンスが苦手で有名だった純菜だが、秀二郎にまたがって驚くような腰使いを見せた。こんなにセクシーかつエロティックに腰が振れるなら、サンバでもフラダンスでも思いのままではないかと思った。

さらには結合部を見せつけてのM字開脚。脚を見せないアイドルだった純菜のあの痴態は衝撃的だった。完膚なきまでに悩殺されたし、数日が経ったいまでもされている。思いだすだけで勃起しそうになってしまうので、仕事中などは絶対に思いださないようにしているくらいだ。

そんな大胆な体位で男根をしゃぶりあげられた秀二郎は、射精をこらえきれなかった。コンドームを着けていなかったので結合したまま発射するわけにはいかず、そのことを純菜に伝えると、手コキで射精に導いてくれた。

最高の射精だった。

三十五年間生きてきて、あれほどの快感を味わったことはないし、これからも味わうことができないかもしれない。

しかし……。

事後の気まずさは想像をはるかに超えていた。

純菜を推していた青春時代、秀二郎は彼女をオカズにしてオナニーしたことは一度もなかった。十五歳から二十歳といえば、どんな男だって毎日のようにオナニーをしているものだ。秀二郎もそうだったが、古本屋で買い求めたエロ本では抜きまくっても、純菜のことは決していやらしい眼で見られなかったのである。

そんな女とセックスしてしまった罪悪感と自己嫌悪は大変なものだった。彼女のほうが積極的だったなんて言い訳にならない。青春時代の秀二郎にとって、純菜はまがうことなき天使であり、女神だったのである。

しかも、手コキでフィニッシュしたということは、盛大に噴射させたイカくさい白濁液で、純菜の美しい手を汚してしまう結果となった。男の精がべっとりと付着した指を、彼女は黙ってティッシュで拭っていた。あお向けになっていた秀二郎は上体を起こし、バツの悪さに頭をかきながらそれを眺めていた。あのシーンを思いだすと、いまでも胸が痛んでしかたがない。

「不良ですね……」

こちらに背中を向けて、純菜はポツリと言った。

「夫がいるのにこんなことして、わたしって不良……」

秀二郎が言葉を返せずにいると、純菜は振り返った。いまにも泣きだしそうな痛切な表情で、秀二郎を見た。

「でも、聞いてください。こんなことしたの、わたし初めてなんです。最近夫とうまくいってなくて、どうしても……どうしてもひと息つける場所が欲しかった……秀さんといると、どういうわけかすごくホッとできるんです……だから、つい甘えてしまって……最低ですよね？」

「いやいや……」

秀二郎はあわてて首を横に振った。天地がひっくり返っても、純菜が最低ということはあり得ない。

「ぼぼぼっ、僕と会うことが息抜きになってくれるなら、それは僕にとっても光栄というか……微力ながら力になりたいというか……」

「本当に？」

必殺の上眼遣いで見つめられ、

「嘘じゃない。僕にできることなら、なんだって……」

「じゃあ、また会ってもらえます？」

「純菜さんがそれを望むなら、いつだって……」

「うれしいっ！」

純菜は瞳を潤ませて抱きついてきた。彼女は半裸だった。パンティこそ穿いていたが、ブラジャーはしていなかったので、女らしい丸みを帯びた双乳が、秀二郎の胸にむぎゅっと押しつけられた。

「それじゃあ、わたしたち付き合ってるってことですよね？」

「えっ……」

「だって、また会ってくれるって……会ったらエッチなことしますよね？　そういうのって、付き合ってるって言いませんか？」

「いっ、言うかもしれないが……」

秀二郎の顔は限界までこわばっていった。

引退した元「推し」と付き合えるなんて、すべてのアイドルファンが夢に見る、羨望のシチュエーションなのかもしれなかった。しかし、彼女は人妻。付き合うということは、禁断の不倫関係……。

「今度、秀さんのおうちに遊びにいっていいですか？」

「えっ……」

「ひとり暮らしなんでしょう？」

「そっ、そうだけど……むさ苦しいところだよ」

「全然大丈夫です。秀さんが住んでいるところなら、どこだって好きになれそう。うん、絶対に好きになれます」

秀二郎に断ることができなかった。必殺の上眼遣いにトップレス、丸みのある乳房を押しつけながらねだってくる彼女を、拒むことなんてできるはずがない。

2

（それにしても、こんなところに純菜が来るなんて……）

ひと通り掃除した部屋を見渡して、秀二郎は深い溜息をついた。

六畳ひと間に台所がついているだけの部屋だった。それにしては広く見えるのは、家具の類いがほとんどないからだ。ちゃぶ台ひとつに箪笥が一棹あるだけなので、六枚の畳がほとんど見える。窓から容赦なく西日が差しこんでくるので、畳は赤茶けて毛羽立っている。

まるで貧乏学生が住むようなところだが、帰ってきてもほとんど寝るだけの秀二郎には充分だった。店には近いし、家賃は安いし、いい物件が見つかったと、小躍りして引っ越してきたものだ。

しかし、女を招くとなると話は違ってくる。

元アイドルでなくても、こんなところに通されたら、百年の恋も冷めるのではないだろうか？

とはいえ、いまさらそんなことを言っても遅すぎる。時刻はもうすぐ午後一時になろうとしていた。そろそろ純菜がやってくる。

ピンポーン！　呼び鈴が鳴り、秀二郎の心臓は跳ねあがった。そそくさと玄関に向かい、扉を開けると、凍りついたように固まった。

純菜が立っていた。鮮やかなレモンイエローのワンピースを着て——ショッピングモールの中庭でのファーストコンタクトを思いだした。しかも、普段着というよりパーティに参列するためのドレスのような高級感があったので、たじろいでしまいそうになる。

「おじゃましまーす」

純菜は歌うように言うと、片脚ずつもちあげてハイヒールのストラップをはずし、部屋にあがってきた。香水をつけているのだろう、甘酸っぱいレモンのような香りが風のように部屋の中を吹き抜けていく。

「本当にお店のすぐ裏なんですね。全然迷わずに来られました……」

「そっ、そう……」

秀二郎はそわそわと落ち着かなかった。ただでさえ美しい純菜が、着飾った格好でそこにいると、部屋の景色とのハレーションがすごかった。これほど似つかわしくない組み合わせはなかなかなさそうだし、おまけに彼女はストッキングを穿いている。

毛羽立った畳が伝線させてしまわないか心配になってくる。

「おっ、お茶でも淹(い)れようか……」

秀二郎が台所に行こうとすると、

「待ってください」

まなじりを決した顔で制された。

「そういうのは女の仕事じゃないですか。今日はひとり暮らしの秀さんのために、家事をする心積もりで来ましたから」

純菜はバッグから白いエプロンを取りだし、レモンイエローのワンピースの上に着けた。胸当てがあり、フリルも可愛いエプロンだったが、見るからに新品だ。

「かっ、家事なんてするの？」

恐るおそる訊ねると、

「家じゃしませんよ」

純菜は平然と答えた。

「お料理もお洗濯もお掃除も、家政婦さんにおまかせしてます」

ですよね、と秀二郎は胸底(きょうてい)でつぶやいた。

お嬢さま育ちの純菜は家事ができない――そんなことは、彼女のファンなら誰だって知っている。結婚しているし、芸能界引退から十五年も経っているから、もしかすると成長しているかもしれないという期待もあったが、純菜はやはり純菜だった。

お嬢さま育ちの彼女は家事ができない——中でも料理のひどさは伝説的で、現役アイドル時代にすさまじいエピソードを残している。

売り出し中の若手アイドルを集めて料理をつくらせるというのは、いまでもバラエティ番組の定番企画だ。

純菜も出演したことがある。清涼飲料水のＣＭでブレイクした直後であり、それまではバラエティ番組にキャスティングされることもなかったから、秀二郎はテレビに齧りついて見た。

三人のアイドルが出汁巻き卵をつくり、ＭＣであるお笑い芸人やゲストの大物俳優が味をジャッジするという内容だった。

そう、あのときも純菜は白いエプロンを着けて登場した。三人いるアイドルの中で誰よりも可愛らしいうえに凜々しくて、エプロンが似合うコンクールならぶっちぎりでナンバーワンに違いなかった。

しかし、料理が始まると一気に旗色が悪くなった。手際よく卵を掻き混ぜたり、四角い卵焼き器に油を引いたりしている他のふたりを尻目に、純菜は棒立ちになったまま動けなかった。

あとで知ったことだが、彼女は台所に立ったことがないばかりか、出汁巻き卵という料理もよくわかっていなかったらしい。

すっかりテンパってしまった純菜は、とりあえず卵を割ってボールで掻き混ぜた。そこまではよかったのだが、卵焼き器やフライパンを使わず、ＩＨクッキングヒーターに直接卵をぶちまけた。

前代未聞のしくじりにＭＣのお笑い芸人は大はしゃぎし、大物俳優は眉をひそめ、他のふたりのアイドルたちもゲラゲラ笑いだして、純菜は泣いた。よほど悔しかったらしく、手放しで泣きじゃくった。

一歩間違えば放送事故というか、よくお蔵入りにならずオンエアされたものだと感心してしまうような内容だったが、純菜はその番組によってさらに人気を急上昇させたのだから、強運の持ち主としか言い様がない。

問題なく出汁巻き卵をつくった他のふたりのアイドルは記憶に残らなくても、大失敗して泣きだした純菜はきっちり爪痕を残したのだ。「泣き顔が可愛すぎる」と話題になり、スポーツ新聞や週刊誌の記事になった。出演している清涼飲料水のＣＭで、涙を流す演出が採用されたりもした。

それはともかく。

三十五歳の人妻となった純菜が、持参した紙袋から四角い卵焼き器を取りだしたので、秀二郎はのけぞった。

「いつまでも昔のわたしとは思わないでくださいよ」

鼻に皺を寄せて悪戯っぽく笑う。

「家事は全部、家政婦さんにまかせてますけど、出汁巻き卵だけは練習したんです。だから、これだけはつくれます。秀さん、食べてもらえます？」

「あっ、ああ……」

秀二郎はこわばりきった顔でうなずいた。味にはまったく期待できなかったが、断ることなんてできるわけがなかった。

3

予想を大きく裏切って、純菜のつくった出汁巻き卵はおいしかった。

形も綺麗なら色も鮮やかで、出汁のきいた味つけも完璧と言っていい。大根おろしが添えられていれば百二十点だったが、そこまで求めるのは酷というものだろう。大根おろしがないかわりに、純菜は吟醸酒を買ってきてくれた。できたての出汁巻き卵をつまみに、昼酒を一献傾けることになった。

「淋しい食卓ですね」

出汁巻き卵と茶碗酒しかないちゃぶ台を眺め、純菜は自虐的に笑った。

「もっといろいろ並べられればよかったんですけど、わたし本当に、出汁巻き卵しかつくれないから……」

「いやいや、淋しくなんてないから」

秀二郎はきっぱりと言った。

「純菜さんのつくった出汁巻き卵で一杯飲めるなんて、二十歳のころの僕が知ったら感動しすぎて気絶するんじゃないかな」

料理の品数は少なくても、目の前には憧れの「推し」がいる。それだけで胸がいっぱいになり、淋しいだなんて露ほども思わない。むしろ、淋しさなんて感じることができないほど緊張し、酒だけがやたらと進んだ。純菜も酒が強いから、四合瓶があっという間に空いてしまった。

昼酒はまわる。ペースを考えないで飲んだせいで、秀二郎の体は揺れはじめていた。純菜も酔っているようで、可愛い顔が淡いピンク色に染まっている。

「秀さんちって、本棚がないんですね？」

純菜がトロンとした眼つきで部屋を見渡した。

「ああ、なるべく部屋はシンプルにしておきたいから……」

「わたし、ちょっと期待してたのに……」

「なにを？」

「本棚の片隅に……いまでもわたしのＣＤとかＤＶＤがあったら、嬉しくて泣いちゃうかもって……」

上眼遣いで見つめられ、秀二郎は大きく息を呑みこんだ。

「もう捨てちゃいました？　捨てちゃいますよね、普通……」

「捨てるわけないじゃないか」

秀二郎はドヤ顔で胸を張った。

「この部屋に本棚はないが、押し入れに大切にしまってある」

「本当に？」

「嘘なんかつくもんか」

秀二郎は立ちあがって押し入れを開けた。純菜グッズがびっしり詰まっているふたつの段ボールを引っぱりだし、ガムテープを剝がして口を開ける。

「うわあ……」

中をのぞきこんだ純菜が眼を輝かせた。引っ越しのたびに捨てようと思っていたが、捨てなくて本当によかった——秀二郎は安堵の胸を撫で下ろした。

「ファーストCD、十枚も買ってくれたんですか？　やだ、DVDもこんなにたくさん……」

純菜が次々に段ボールの中のものを出すので、畳の上がみるみる散らかっていった。もちろん、かまいやしなかった。この世に生まれて三十五年、人に自慢できることなんてなにひとつない人生を歩んできたが、純菜の関連商品で買いもらしているものはほとんどないはずだ。引退して十五年が経っていることを考えれば、ここまできっちり保存している人間なんて、日本に何人もいないのではないだろうか？

純菜はかつてリリースされた自分の作品を手に取り、懐かしそうに眼を細めて眺めていたが、

「あっ……」

不意に顔色を変えた。なにかを取りだして背中の後ろに隠した。それは見ないでほしい、ということらしい。

引退記念の写真集だった。

肌の露出が極端に少ないアイドルだった純菜だが、その写真集だけでは大胆な水着姿や下着姿を披露している。熱愛報道からのできちゃった結婚に激怒した事務所が、純菜に課した罰ゲームとも言われている一冊なのだ。

「その写真集には……やっぱりいい思い出がないの？」

秀二郎がそっと訊ねると、

「そんなことないですよ……」

純菜は顔を伏せ、もじもじしながら言った。

「わたしだって悪いと思ってたんです。あんな形で突然引退して……事務所の人にも、一緒に番組やってたスタッフにも、なによりそれまで支えてくれたファンの人に恩返しがしたかった……だから、当時の自分にできるぎりぎりまで頑張りました……頑張ったんですけど……やっぱり恥ずかしいじゃないですか……」

背中に隠していた写真集を前にもってきて、少し開いて中をのぞきこむ。途端に恥ずかしそうに顔を歪め、パタンと閉じてしまう。

たしかに……。

その写真集はきわどいカットばかりだった。夏の太陽が燦々と降り注ぐ沖縄のリゾートホテルを舞台にしているから、まともに服を着ている写真は皆無で、最低でも水着である。真っ白い手脚を剝きだしにしている。さらに、ページをめくるごとに水着の面積はとんどん小さくなっていき、最終的にはバストトップがかろうじて隠れているような感じになる。

撮影場所が室内に移れば、今度は匂いたつようなランジェリーカットだ。肌の露出はおろか、脚さえ見せないことで有名だった清純派アイドルだけに、純菜の下着姿は衝撃的だった。

いや、下着姿はまだよかった。どう見てもハイブランドのおしゃれなブラジャーやパンティだったし、露出具合は水着と一緒——だがやがて、下着も取られてしまう。いわゆる手ブラ、両手で乳房を隠したり、剝きだしのヒップをカメラに向けたりしはじめる。

「興奮しましたか？」

純菜が横眼でチラッとこちらを見る。

「当時、この写真集のわたしを見て……」

「するもんか！」

秀二郎はきっぱりと答えた。

「僕は純菜さんをいやらしい眼で見たことなんて一回もない」

「本当ですかぁ？」

純菜は訝しげに眉をひそめると、

「こんなの見ても？」

写真集を開いてこちらに向けてきた。黒地に深紅の薔薇をあしらったブラジャーをしていた。それはいいのだが、メイクが濃い写真だった。真っ赤な口紅を引いた唇で、親指の爪を噛んでいる。上眼遣いがエロすぎる。露出ではなく表情がエロティックという意味では、最上級のカットである。

「こんなのもありますよ？」

ベッドの上で両脚を開いている写真が向けられた。もちろん、肝心な部分は白いシーツで隠されている。それでもなお、生身の肢体がいやらしい。シーツの向こうがどうなっているのか、想像してしまうからである。

「わたし的には……」

純菜はパラパラとページをめくってから、写真集をこちらに向けた。

「これがいちばん……恥ずかしかったです」

もじもじしながら見せつけられたのは、白いエプロンを着けた写真だった。胸当てがあり、ストラップのフリルも可愛い純白のエプロンをした純菜が、こちらを向いている。映っているのは全身で、両手両脚にはなにも着けていない。

いわゆる裸エプロンなのだが、逆光によって体のラインが透けている。しなやかな細腰からヒップに至るS字のカーブが生々しく、さらには、女らしくふくらんだ胸当ての頂点がぽっちりと浮いて……。

「ぐっ……ぐぬぬっ……」

秀二郎は額に脂汗を浮かべて歯を食いしばった。サービスカットが満載の写真集の中でも、その裸エプロンは白眉と言っていい一枚だった。清らかなお嬢さまフェイスの純菜は、白いエプロンがよく似合う。エレガンスとエロスが絶妙に混じりあい、男心をぐらぐらと揺さぶられてしまう。

「あっ……」

純菜の視線が秀二郎の股間に伸びてきた。秀二郎は畳の上に正座していた。正座していてもはっきりとわかるほど、股間に大きなテントを張っていた。立っていたなら、もっと恥ずかしい思いをしていたはずだ。

「興奮してますね？」

純菜が勝ち誇った顔で言い、

「……すいません」

秀二郎はがっくりとうなだれた。うなだれつつも、勃起しきった男根はズキズキと熱い脈動を刻んでいる。

写真集の中でも白眉と言っていい裸エプロンの写真は、秀二郎にとっても最高に好きな純菜の一枚だった。ともすればいやらしい眼で見てしまい、いまのように勃起してしまうので、なるべく見ないようにしていたが、発売から十五年が経ったいまでも脳裏に焼きついて離れない。

(この写真を初めて見たとき……)

興奮を鎮めるために近所を走りまわったりしたことを思いだした。若き日の自分の滑稽な振る舞いに、内心で少し笑う。そんな憧れのアイドルと昼酒を飲んでいるいまの状況に、現実感がもてない。

「……あげましょうか？」

一瞬ぼうっとしていたので、純菜の言葉を聞き逃した。

「えっ？　いまなんて？」

秀二郎が訊ねると、純菜は意味ありげに笑った。

「これと同じこと、やってあげましょうか？」

「おっ、同じって……裸エプロン？」

コクンとうなずいた純菜は、レモンイエローのワンピースの上に白いエプロンを着けたままだった。

「下を脱げばいいだけじゃないですか。秀さんが興奮するなら、それくらいなんでもないですよ」

写真集を置いて立ちあがった純菜を、秀二郎は呆然と見上げた。

4

秀二郎はトイレと風呂が一緒になった狭苦しいユニットバスに入り、浴槽の縁に腰をおろした。

ドクンッ、ドクンッ、と心臓が激しく高鳴っている。それを鎮めるために、胸を押さえて深呼吸した。何度繰り返しても胸の高鳴りはおさまってくれず、眼をつぶると瞼の裏に純菜の裸エプロンの写真が浮かびあがってきた。

あれはエロかった。

引退記念写真集は全体的に露出の多いセクシー路線なのだが、そうは言っても当時の純菜はまだ二十歳で、振りまくエロスもさわやかだった。

一方、三十五歳の人妻になった彼女は、普通にしていても大人の色香を隠しきれない。裸エプロンなどという、男の欲望を具現化したような格好をしたら、いったいどこまでいやらしくなるのか……。

そもそも、そんなことをする純菜の目的はなんだろう？　酔ったうえでのおふざけにしても、いささか度が過ぎているのではないか？　妻や恋人に裸エプロンを求める男はいくらでもいそうだが、それに応える女なんてあまりいない気がする。普通だったら、「ふざけたこと言わないで！」と怒りだすのでは……。

「秀さーんっ！」

声をかけられ、秀二郎は飛びあがるようにして立ちあがった。頭の中は真っ白で、状況を受けとめきれないでいたが、呼ばれたからには出ていくしかない。ユニットバスの扉を開けると、部屋の真ん中に純菜が立っていた。

（うわあっ……）

秀二郎は眼を見開いて立ち尽くした。レモンイエローのワンピースを脱ぎ、白いエプロン一枚だけになった純菜の第一印象は、天使だった。三十五歳の人妻になってなお、アイドル時代の清潔感や透明感は健在で、純白のエプロンがそれをひときわ際立たせている。

だがその一方で、眼もくらむようなエロスを放ってもいた。部屋には西日が差しこんでいるから、ちょうど写真集と同じような逆光となり、エプロンの白い生地にボディラインが透けている。

「やっ、やっぱり……恥ずかしいですね……」

純菜はもじもじと身をよじった。

「写真集を撮影したときも恥ずかしかったですけど、いまのほうが恥ずかしい気がする。どうしてだろう？」

「とっ、歳をとったから？」

秀二郎がうっかり口をすべらせると、

「違いますよ」

純菜は唇を尖らせた。

「たしかに歳はとりましたけど、そういうことじゃなくて……」

「それじゃあなぜ……」

撮影のときにはたくさんのスタッフに囲まれ、写真集が完成すればしどけないポーズを日本中の男に見られるわけだが、いま純菜を見ているのは秀二郎ひとりだけだ。

しかも、いちおうは肉体関係もあるわけで、過剰に恥ずかしがることはないと思うのだが……。

「好きだからでしょ」

キッと睨まれた。

「秀さんのことが好きだから、恥ずかしいんです！」

衝撃のあまり、秀二郎はにわかに言葉を返せなかった。純菜に「好き」だと言われたからだ。「隠れ家」になってほしいとは言われたし、セックスをしたことだってある。だが、そんなふうに赤裸々な告白を受けたのは、いまこのときが初めてだった。

「もう知らない！」

純菜は頬をふくらませ、背中を向けた。

（うおおおおおーっ！）

秀二郎はもう少しで叫び声をあげてしまうところだった。

純菜の可愛いヒップが眼に飛びこんできたからだ。裸エプロンは前からの視線に対して、しっかりと防御できる。乳房も股間も隠すことができるが、後ろ姿は無防備である。

（まさか本当に、下着まで脱いでいるなんて……）

裸エプロンといっても、前から見ればわからないのだから、てっきりブラジャーやパンティは着けたままだと思っていた。

しかし、目の前にさらけだされた純菜のヒップは、生身だった。細身の彼女はお尻も小ぶりで、ツンと上を向いている。小さくても丸みが強いから、女らしさが匂いたつ。

「ううう……」

秀二郎は股間を押さえ、情けない中腰になった。勃起しすぎて、苦しくなってしまったからである。普段の部屋着はスウェットパンツなのに、ちょっぴり見栄を張ってジーパンにしたことが裏目に出た。ジーパンで勃起すると本当に苦しい。

純菜がチラッと振り返った。まだ機嫌は直っていないようだった。横顔が怒っていたが、怒った顔も可愛いのが伝説の元アイドルであり、睨まれるとますます勃起に勢いがついた。

「秀さんって、女心が全然わからないんですね」

「……ごめん」

「秀さんが好きだから、こんなエッチな格好してるのに……でも秀さんが好きだから、こんなに恥ずかしいのに……」

かつて憧れ抜いたアイドルに「好き」を連呼されると、嬉しいのを通り越して激しい眩暈が襲いかかってきた。とはいえ、いつまでも黙っていると、純菜の機嫌がますます悪くなりそうだ。

「ぼぼぼっ、僕も、純菜さんが好きですっ！」

恥ずかしいほど上ずった声で言った。

「わかっていると思うけど、純菜さんは僕にとって唯一無二の『推し』だし、純菜さんほど夢中になったアイドルは後にも先にもいないわけで……」

「本当？」

ようやく純菜の顔に笑みが戻った。こちらを向いてしまったので、生身のヒップは見えなくなったが、文句は言うまい。

「秀さん……」

純菜が身を寄せてきたので、秀二郎は彼女を抱きしめた。感極まってしまいそうだった。自分は世界でいちばん幸福な人間ではないかと、大げさではなく思った。

「苦しそう？」

純菜の右手が、股間のふくらみをそっと包んだ。

「脱いだほうがいいんじゃないですか？」

「あっ、ああ……」

秀二郎はこわばった顔でうなずいた。西日が差しこむ明るい部屋で裸になるのは恥ずかしかったが、そんなことを言っていられないほど股間が苦しくてしかたがない。ベルトをはずし、ジーパンとブリーフを一緒にさげた。それを脚から抜くと、

「バンザイしてください」

純菜がパーカーとTシャツを脱がしてくれた。あっという間に全裸になったわけだが、異様な興奮が訪れた。下になにも着けていないとはいえ、純菜は胸当てのある白いエプロンをしている。前から見ると、天使のように可愛らしい。そんな彼女と全裸で相対していると、自分がとんでもない変態野郎になってしまったような気になる。

「ちょっ、ちょっと待ってて」

秀二郎は身を翻し、押し入れから布団を引っぱりだした。ついでにカーテンを引いて部屋を薄暗くすると、

「ひーでさん」

純菜が声をかけてきたので振り返った。エプロンの裾を両手でつまみ、そろそろと持ちあげていく。彼女はもちろん、パンティを穿いていない。

「写真集にも載ってないエッチな格好、してあげましょうか？」

エプロンの裾がさらに持ちあげられる。顔に似合わずむちむちした肉づきのいい太

腿がほとんど露出され、いまにも付け根まで見えてしまいそうだ。

「見たいですか？」

秀二郎はうなずいた。盛りのついた牡犬のように鼻息を荒らげ、ヘッドバンキングよろしく頭を前後に振りたてた。

「でもやっぱり恥ずかしい」

純菜がもじもじと身をよじる。エプロンの裾は陰毛が見えるか見えないかぎりぎりのところで、ゆらゆらと揺れている。

「秀さんってエッチね。こんなところ見たがるなんて」

どの口が言うんだ！　と秀二郎は胸底で絶叫した。この前、みずから騎乗位で男根を咥えこみ、あまつさえM字開脚で結合部まで見せつけてきたのは自分じゃないかと思ったが、もちろん言えない。

「みっ、見たいっ……見たいから、見せてっ……」

「どうしよっかなー」

純菜がもったいぶった態度を続けるので、秀二郎は辛抱たまらなくなった。衝動的に彼女の足元にしゃがみこみ、エプロンの中をのぞきこんだ。

「やだあっ！」

純菜がクスクスと笑う。

「秀さんって、本当にのぞくのが好きなのね。お店に行ったときも、ワンピースの裾をめくってたし」

「ごっ、ごめんっ！　あれは本当に申し訳なかった……心から反省している……反省しているけど……」

あのときといまでは状況が違う、と秀二郎は訴えたかった。店の小上がりでワンピースの裾をめくったのは、警察に突きだされてもおかしくない卑劣な行為だが、いまは合意のうえでセックスをしようとしている。なんなら、純菜のほうから裸エプロンになってくれたくらいなのだから、のぞいたっていいではないか……。

「そんなに見たいですか？」

純菜は小悪魔のような笑顔を浮かべると、軽やかな身のこなしで布団の上に腰をおろした。芝居じみた動きでも引きこまれてしまうのは、元アイドルのスキルだろうか。エプロンの裾で股間を隠しながら、両脚をM字にひろげていく。

「みっ、見せてくれっ……見たいっ！」

秀二郎は身を乗りだした。

「見るだけですからね」

純菜は一瞬真顔に戻ると、釘を刺すように言った。

「わたし、あれが苦手なんです……クンニ」

最後の単語は、眉をひそめながら蚊の鳴くような声で言った。

「どっ、どうして？」

秀二郎は反射的に訊ねてしまった。次に純菜とセックスをする機会が訪れたら、ぜひとも念入りにクンニリングスがしたいと思っていたからだ。

「だって恥ずかしいじゃないですか。匂いとか嗅がれるの」

「……なるほど」

つい最近まで素人童貞だった秀二郎でも、クンニリングスを苦手にしている女がいることくらい知っていた。

ましてや彼女は元アイドル。セックスはおろか、排泄さえしないような顔で歌って踊っていたわけだから、股間の匂いを嗅がれるのを恥ずかしがってもしかたがない。ヴィジュアルには自信があるから見られるのは平気でも、股間の匂いに自信がある女なんているわけがない。

5

「じゅっ、純菜さん……」

秀二郎は四つん這いで純菜ににじり寄っていった。

目の前にいる彼女は両脚を大胆なM字に開き、けれども白いエプロンで股間を隠している。まるでセクシー写真集のグラビアモデルのような格好で、秀二郎を悩殺してくる。

「あんっ……」

純菜がくすぐったそうに身をよじった。秀二郎の荒ぶる鼻息が、美しい脚にかかったからだった。

秀二郎は上眼遣いで純菜を見た。一刻も早くエプロンをめくって、両脚の間を見せてほしかったが、ここまできて急かすのは野暮というものだろう。彼女は見せてくれると言っているのだから、黙って待っていればいい。

「ううう……」

純菜は眼の下を赤く染めながら、じりっとエプロンの裾をめくった。先ほどまでの挑発的な態度はどこへやら、ひどく恥ずかしそうである。

それもそのはず、秀二郎の顔と彼女の股間の距離はもう、二〇センチもない。彼女には内緒だが、エプロンの裾がめくられれば股間の匂いも嗅げそうなところまで接近しているのである。

「ちょっ、ちょっとだけですからね……」

純菜は震える声で言うと、エプロンの裾をめくりきった。アーモンドピンクの花が咲いていた。くすみの少ない花びらは形も崩れておらず、美しいシンメトリーを描いてぴったりと口を閉じている。

清らかな花だった。騎乗位で見せつけられたときは男根を咥えこんでいたので、どぎつい姿になっていたが、こうして見ると、伝説のアイドルはこんなところまで綺麗なのかと感嘆せずにはいられなかった。

素肌が白く、花のまわりに無駄毛がないから、やたらと清潔感がある。こんもりと盛りあがった恥丘を飾る春の若草のような薄毛がなんとも儚げ(はかな)で、三十五歳の人妻とはとても思えない。

「もうおしまい！」

純菜がさっとエプロンの裾で股間を隠した。見上げると、可愛い顔が真っ赤に染まっていた。

「そっ、そんなっ……三秒くらいしか見てないじゃないか」

「想像以上に恥ずかしかったんです！」

純菜は頬をふくらませて言い訳した。

「わたしとしてはその……写真集のワンカットみたいな感じで、立ったままチラッと……ほんとにちょっとだけ見せるつもりだったのに……こんな近くからジロジロ見られたら……恥ずかしくて悶え死んじゃうかと……」

「そうかもしれないけど……」

秀二郎の落胆は激しかった。純菜の花は想像を超えて綺麗かつ清らかだったし、そうであるなら飽きるまで眺めていたいと思うのが男だからである。

「そんなにがっかりした顔しないでくださいよー」

「ごめん……でも、がっかりしちゃうよ」

「じゃあ……」

純菜は大きな黒眼をくるりとまわした。

「後ろから見ます？」

「えっ？」

「後ろからなら、ちょっとは恥ずかしくなくなるかもしれないなって……」

言いながら、背中を向けて四つん這いになった。

（うおおおおーっ！）

秀二郎は眼を見開いた。可愛いヒップがこちらに向かって突きだされていた。立った状態では可愛いだけだった小ぶりのヒップも、四つん這いで突きだされれば桃割れの間にアーモンドピンクの花が咲く。さらにはその上にある、セピア色の小さなすぼまりまで……。

見てはならないものを見てしまった気がした。罪悪感に体中が小刻みに震えだしたが、一方の純菜はこちらを振り返り、蠱惑的に笑う。

「興奮しますか？」

笑いながら小ぶりの尻を振りたててくる。興奮しないわけがない、と秀二郎は思った。獣のような四つん這いポーズは、そもそもセクシーでエロティックだ。着衣でさえセックスを連想させる恐ろしい格好なのに、いまの純菜は裸エプロン――これで興奮しない男なんて、この世にいるはずがない。

（わっ、わざとだなっ……わざとやってるな……）

猜疑心がこみあげてきた。鼻息がかかるほどの至近距離からM字開脚の中心をジロジロと見つめられ、恥ずかしかったのは事実だろう。

しかし、純菜はもともと見られることが生業のアイドルだったのだ。男の注目を一身に集め、視線で愛でられることに悦びを感じていた女なのだと、四つん這いになった彼女を見て思い知らされた。局部をむさぼり眺められるのは恥ずかしくても、セクシーポーズで男を悩殺するのは嫌いじゃないらしい。

それにしても……。

これはいささかやりすぎだった。たとえパンティを穿いていても、こんな格好を目の前でされたら、頭に血が昇っていても立ってもいられなくなるだろう。パンティも穿かない裸エプロンと四つん這いの組み合わせは、すさまじい破壊力だった。裸エプロンに四つん這いはよく似合う……。

（いやらしい……いやらしい……）

秀二郎は胸底で呪文のように繰り返しながら、両手を純菜のヒップに伸ばしていった。尻の双丘にそっと触れると、純菜は「あんっ」と小さく声をもらした。拒んでいるニュアンスではなかったので、秀二郎はふたつの隆起を撫でまわした。四つん這いになっているせいか、見た目よりずっと丸く感じられた。さらに触り心地が、剝き卵のようにつるつるしている。

「むうっ……むううっ……」

気がつけば夢中になって撫でまわし、揉みしだいていた。桃割れを閉じたり開いたりすると、アーモンドピンクの花も呼応する。ぴったりと閉じていた縦一本筋がほつれ、つやつやと濡れ光っている薄桃色の粘膜が恥ずかしげに顔をのぞかせる。

たまらなかった。

純菜には絶対に言えないが、いやらしい匂いもむんむんと立ちこめてきている。これほど匂うということは、もう濡らしているということか？　発情の蜜を大量に分泌させているわけか？

眼を凝らしてアーモンドピンクの花を凝視していると、その間がキラリと光った。さらには奥から透明な体液があふれてきて、内腿にツツーッと伝っていく。

「すっ、すごい濡れてる……」

思わず口走ってしまうと、

「だってぇ……」

純菜が振り返った。

「秀さんの視線、感じるもの……視線で撫でまわされてるみたいで、すごく興奮しちゃう……」

せつなげに眉根を寄せてささやく純菜の瞳はねっとりと潤み、眼の下はいやらしいほど紅潮していた。

「ねえ？」

「なっ、なに？」

「もう欲しい……」

「えっ？」

「秀さんが、もう欲しくなっちゃった」

秀二郎は大きく息を吸いこんだ。純菜は結合を求めているようだった。しかし、愛撫をなにもしていなかった。クンニはNGとしても、普通は挿入前にじっくり手マンとかするのでは……。

「ねえ、入れて……このまま入れて……」

純菜が小ぶりのヒップを振りたてる。秀二郎の鼻先で、密度が増した発情のフェロモンが揺れる。それを嗅いでいると、挿入に至る細かい段取りなどどうでもよくなってきた。見た目では、純菜は充分に濡れていた。内腿まで蜜が垂れてきているくらいだから、いますぐ入れても大丈夫だろう。

秀二郎は膝立ちになり、勃起しきった男根を握りしめた。純菜に負けず劣らず、こちらも鈴口から大量の我慢汁を噴きこぼしていた。

「いっ、いくよ……」

男根の切っ先を濡れた花園にあてがうと、ヌルリと亀頭がすべった。お互いに身をこわばらせながら、呼吸を整える。狙いを定め、ずぶっ、と亀頭を沈めこむと、

「んんんんーっ！」

純菜がくぐもった声をもらした。アイドル時代には決して聞けなかったいやらしすぎる声に誘われるように、ずぶずぶと奥に入っていく。

愛撫をしていなくても、純菜の中は奥の奥までよく濡れていた。そして熱かった。こちらがたじろいでしまいそうなほど熱く濡れた肉ひだで、勃起しきった男根を包みこんできた。

「あううううーっ！」

ずんっ、といちばん奥を突きあげると、純菜は背中を弓なりに反らした。四つん這いの体中を小刻みに震わせて、挿入の衝撃に震えている。

秀二郎もまた、震えていた。熱くヌメヌメした肉ひだの感触が気持ちよすぎて、気が遠くなりそうだった。

もちろん、気が遠くなっている場合ではなかった。純菜の細腰を両手でがっちりと

つかむと、何度か深呼吸してから、動きはじめた。

相手が元アイドルとなれば乱暴にはできないと、まずはゆっくりと抜き、ゆっくりと入り直していく。だがすぐに、スローピッチに耐えきれなくなり、ずんずんっ、ずんずんっ、と突いてしまう。

「はぁうううううーっ！」

純菜が獣じみた悲鳴をあげる。バックスタイルが好きなのか、始まったばかりなのにヴォルテージが高すぎる。ずんずんっ、ずんずんっ、と突きあげるたびに放つ悲鳴は甲高くなっていき、安アパートの粗末な壁を震わせる。

女のよがり顔を見ることができないバックスタイルが、秀二郎はあまり好きではなかった。ソープ嬢としかセックスしたことがなくてもそうだった。

だがいまは、バックスタイルがやたらと心地いい。純菜はソープになんかいるわけのない美人であり、美人というのは圧が強い。見つめあっているとたじろいでしまうし、見栄を張ってしまってスケベ心を全開にできない。

「むううっ！　むううっ！　むううっ！」

秀二郎は夢中で腰を振りたてた。夢中にならずにいられなかった。顔を見せあっていなければ、鼻の下を伸ばした間抜け顔になっても平気だった。なにより、四つん這いになっている「推し」を後ろから突きあげていると、征服欲が満たされた。罪悪感ももちろんあるのだが、それをはるかに超える興奮が全身を奮い立たせる。

「秀さんっ！　秀さんっ！」

純菜が上体を起こして振り返った。間抜け顔は慎まなければならなくなってしまったが、そのかわりキスができた。お互いに舌を口の外に出し、ねちゃねちゃとからめあうディープなキスをした。

さらに、細腰をつかんでいた両手を上にすべらせていき、エプロンの胸当ての中に侵入していけば、双乳を揉みしだくことができる。女らしい丸みにやわやわと指を食いこませ、いやらしく尖った乳首をつまんでやる。

「あぁううううーっ！　はぁうううううーっ！」

左右の乳首をつまみながらずんずんと律動を送りこんでやると、純菜はキスをしていられなくなった。起こしていた上体を前に倒して両手をつくと、長い黒髪を振り乱してあえぎにあえいだ。贅肉がまったくついていない白い背中がピンク色に染まり、じっとりと汗まで浮かんできた。顔を見なくても、感じていることが生々しく伝わってくる。

「ああっ、いやっ！　いやいやいやああああーっ！」

切羽つまった声をあげた。

「イッ、イキそうっ……わたし、イッちゃいそうっ……」

「イッてくださいっ！」

秀二郎は叫んだ。純菜が上体を前に倒したことで、秀二郎の両手は必然的に細腰に戻っていた。つかむ両手に力をこめ、小ぶりのヒップを引き寄せながら突きあげる。もっと奥へ、もっと奥へ、と自分を煽りながら、勃起しきった男根を抜き差しする。渾身のストロークで、四つん這いの「推し」を翻弄していく。

「イッ、イッてっ！　純菜さん、イッてっ！」

「あああっ……イッ、イクッ！　純菜、もうイッちゃうっ！　イクイクイクイクイクイクッ……はっ、はぁあああああああーっ！」

ビクンッ、ビクンッ、と細腰を跳ねあげて、純菜はオルガスムスに駆けあがっていった。体中を激しく痙攣させるイキッぷりに、秀二郎はおののいた。素人童貞にソープ嬢を中イキさせるテクニックなんてあるわけがないから、女の絶頂なんてＡＶでしか見たことがなかった。

あまりの激しさにおののきつつも、男根は限界を超えて硬くなり、身の底からエネルギーがこみあげてきた。女をイカせた満足感は、言葉にはできないほど素晴らしいものだった。

しかも、相手はただの女ではなく、青春時代に憧れ抜いた「推し」だった。引退から十五年が経っても美しさは劣化せず、それどころか、水のしたたるような色香をたたえた最上級の女だった。

「うおおおおーっ！　うおおおおおーっ！」

秀二郎は雄叫びをあげて腰を振りたてた。脳味噌が沸騰するほどの興奮状態で、オルガスムスに痙攣している「推し」を、突いて突いて突きまくった。

第四章　憧れの花びらへ接吻

1

〈焼トンの店 ひで〉は毎週火曜日が定休日になった。

いつまでも休みの日が決まらなくては常連客や取引先に迷惑がかかるので、純菜に相談したところ、逢瀬は火曜日の昼間にしようということになったのだ。

「毎週火曜日は純菜の日ですね」

純菜は嬉しそうに声をはずませていた。

「わたしにとっては秀さんの日。来週になるのがいまから楽しみだな」

「毎週火曜日は純菜の日、か……」

秀二郎はたおやかな笑みを浮かべた。だが次第に、遠い眼になっていった。毎週火曜日に純菜と会えるのは嬉しい。嬉しくないわけがない。しかし、彼女は人妻。付き合っていい相手ではないのだ。

なのに純菜はノリノリで、毎日ＬＩＮＥでメッセージを送ってくる。

——あと六日ですね。

——あと五日ですね。

——あと四日ですね。

——あと三日ですね。

——あと二日ですね。

——もう明日が待ちきれない！

女と会う＝セックスと考えている、欲望まみれの男だと思われたくなかったので、秀二郎は下町散策のデートを提案したが、

——いやです。秀さんちがいい。

純菜にきっぱりと拒否された。

女が部屋に来る＝セックスと考えていたわけではないが、テレビもない部屋でふたりきり、しっぽりと昼酒なんぞを飲んだりしていれば、自然とおかしなムードとなり、気がつけば愛の営みが始まっている。

純菜は下着にこだわりがある女だった。

同じものを着けてくることは絶対になかったし、いつだっていかにも高級そうなランジェリーを着けている。

「わたし、下着に贅沢するタイプなんですよ。母の影響なんですけど……」

少し得意げにそう言っていた。

「海外に行くとおみやげは絶対ランジェリー。ハイブランドの服やアクセサリーには見向きもしないで、ランジェリーショップに直行。とくにヨーロッパだと、トランクが閉まらなくなるくらい買っちゃったりして」

さすが富裕層は言うことが違う、と秀二郎は唸った。秀二郎は三十五年間生きてきて、海外旅行になんて一回も行ったことがない。

「中にはすんごいエッチなデザインのやつもあるから、今度着けてきましょうか。あっ、なんかいま秀さん暗い顔しましたね？　そういうの着けて夫に抱かれてるんじゃないかって思ったんでしょう？　ご心配なく。夫とはもう何年もセックスレスです。だから、エッチなランジェリーほど箪笥の肥やし……」

なるほど、と秀二郎は内心でうなずいた。夫とセックスレスであることは、薄々わかっていた。自宅に帰れば夫とラブラブで、あまつさえ夜の営みも精力的にこなしつつ、週に一回秀二郎の元に通うような器用なことを、純菜ができるとは思えない。お嬢さま育ちの優等生の性格は、竹を割ったようにまっすぐなのである。

秋が終わり、冬が始まった。

純菜が秀二郎の部屋に週に一回通うようになって、三カ月ほどが経過した。

夢のような三カ月だった。

純菜は予告通り、いつだってセクシーすぎるランジェリーを着けてやってきた。ピンクが勝負カラーだという彼女の下着の趣味は、淡い色系がメインだったが、舶来品らしくハーフカップやTバックの大胆なデザインで、秀二郎は毎回きっちり悩殺された。

だが、その日の下着は、それまでとはレベルの違うとんでもないものだった。

師走（しわす）に入り、風の冷たい日のことだった。

陽当たりは悪くないとはいえ、秀二郎の安アパートはすきま風がひどく、その年初めて石油ストーブをつけた。自分ひとりなら年末あたりまで我慢するが、「推し」に寒い思いをさせるわけにはいかなかった。

純菜は黒い毛皮のコートを着て現れた。

艶やかな毛並みをまとった、ゴージャスかつエレガントなその装いにも度肝を抜かれたが、コートを脱ぐと黒いロングドレスだった。

純菜と黒いドレス——現役のアイドル時代なら考えられない組みあわせだったが、三十五歳の大人の女になった彼女はシックに着こなしていた。黒というアダルトなカラーが匂いたつような色香を倍増させ、息が苦しくなるほどだった。

「なっ、なんだかパーティでも行くような格好だね」

秀二郎は気圧されながら苦笑した。その時点で、胸騒ぎのようなものを覚えていた。これからとんでもないことが起こりそうだという予感がした。

「わたし、秀さんと会うときは、どんなパーティよりおめかししてるんですよ」

「毎度のことだが、こんなボロアパートが申し訳なくなってくるよ」

「全然気にしないでください」

純菜は意味ありげに笑うと、秀二郎の耳元に唇を寄せ、小声でささやいた。

「おめかししてるのは、服だけじゃないですから」

「えっ……」

秀二郎は息を呑み、黒いドレス姿の純菜をまじまじと見てしまった。胸騒ぎの理由がはっきりした。純菜は黒いストッキングを穿いていた。珍しいというか、初めて見た。ナチュラルカラーのストッキングと違い、黒いストッキングというのはどうしてこうもいやらしいのか？

秀二郎は早くも、痛いくらいに勃起してしまった。

「はずしてもらえます？」

純菜が背中を向け、長い黒髪を両手で持ちあげる。後れ毛も妖しいうなじを見せつけられ、秀二郎はごくりと生唾を呑みこんだ。

背中のホックをはずし、ちりちりとファスナーをさげていった。最後までさげると、純菜は自分でドレスを脱ぎはじめた。

秀二郎の眼にまず飛びこんできたのは、ブラジャーのバックベルトだった。黒かった。清らかな純菜と黒いブラジャーの組みあわせだけでも生唾ものだったが、ただの黒ではなく、透けていた。バックベルトがストッキングのような素材でできており、肌色を透けさせていたのだ。

（エッ、エロいな、まったく……）

海外旅行のおみやげはランジェリーに決めているという純菜のコレクションを、いままでも見せつけられてきた。それらはたいてい、セクシーでありながら可愛いものが多かったが、透ける素材の黒いブラジャーは、ド直球のエロである。

（おいおい……）

純菜がドレスを脚から抜くと、黒いパンティが見えた。それもまた、透けていた。フルバックのデザインで尻の双丘を生地がすっぽり包みこんでいるのだが、その生地がスケスケだった。

しかも……。

ブラジャーでもパンティでもない、第三の下着が純菜の腰には巻かれていた。ガーターベルトである。黒い総レースもエレガントなそれが、細いストラップでセパレート式のストッキングを吊っていた。純菜と黒いストッキングという組みあわせだけで勃起してしまうほど興奮したのに、むちむちした白い太腿が、チラリと顔をのぞかせているのだ。

（やっ、やりすぎだろっ……これはやりすぎだっ……）

あまりの興奮に身震いしはじめた秀二郎を嘲笑（あざわら）うように、純菜がこちらを向いた。ブラジャーのカップもパンティのフロント部分も、透けていた。黒いレースで乳首はかろうじて隠されているが、丸々とした乳房の形状はブラジャーを着けていてもはっきりわかる。パンティはもっときわどく、割れ目こそ見えないものの、春の若草のような陰毛が極薄の黒いナイロンに透けて……。

「これ……けっこうエッチですよね……」

純菜は恥ずかしそうに顔を赤らめながら言った。けっこうどころか、超弩級にエッチだよ！　と秀二郎は叫びたかった。

世の中には、女の裸をより美しく見せる下着があることを、純菜のランジェリーコレクションによって秀二郎は知った。しかし、目の前の黒いランジェリーは、裸でいるより着けていたほうがいやらしい。男を悩殺するためだけに開発された、下着というよりセックスの小道具のような代物だった。

2

石油ストーブをガンガン焚いているので全裸になっても寒くなかった。

カーテンを引いて薄暗くなった室内で、秀二郎は雄々しく勃起した男根をきつく反り返していた。眼下の布団には、黒いセクシーランジェリー姿の純菜が横たわっている。ベッドではなく煎餅布団というのが貧乏くさいが、今日の純菜はそんなことなどものともしない極上のエロスを振りまいている。

「秀さん、早く来て……」

純菜にささやかれ、秀二郎は身を寄せていった。スケスケランジェリーをまとった真っ白い素肌から、甘い匂いが漂ってきた。ヴァニラの匂いだ。いつもは柑橘系の香水を使っているのに、今日に限っては香水まで違う。

「秀さん……」

純菜が両手を伸ばしてきたので、秀二郎は抱擁に応えた。左腕を彼女の肩にまわし、右手で熱く燃える頬を包みこむ。

「……ぅんんっ！」

唇を重ねた。お互いに口を開き、舌と舌とを情熱的にからめあう。

「ぅんんっ……ぅんんっ……」

舌を吸ったり吸われたりしながら、秀二郎は右手を純菜の胸に這わせていった。黒く透けたブラジャーを手のひらで包みこみ、やわやわと揉みしだく。そのセクシーランジェリーは、見た目だけではなく触り心地もいやらしかった。なにしろ透ける素材だから、とても薄い。ブラ越しの愛撫にもかかわらず、乳肉のもっちりした感触が手指に生々しく伝わってくる。

「あっ……んっ……」

純菜が身をよじったのは、乳首に刺激を受けたからだろう。スケスケブラジャーはデザインによって、乳首だけは巧妙に隠されているが、全体を揉みしだけば頂点も刺激してしまう。

純菜の呼吸はハアハアと昂ぶっていた。現役アイドル時代、追っかけをしていたときには想像することもできなかったが、彼女の性感は豊かだった。感じやすく、濡れやすい。見た目は現役時代と変わらないスタイルでも、三十五歳の大人の女らしく、充分に成熟している。

秀二郎は乳房を愛撫していた右手を、下半身に這わせていった。スケスケのブラジャーもセクシーだが、ガーターベルトがいやらしすぎて胸の高鳴りがとまらない。

こんなもの、雑誌のグラビアやネットのエロ画像でしか見たことがなかった。普段使いしている女なんているわけがないと思っていたが、ここにいた。セパレート式のストッキングに包まれた美脚を丁寧に撫でさすってやると、純菜はせつなげに眉根を寄せて見つめてきた。

「今日の秀さん、いつもより情熱的……」

「そっ、そう？」

「エッチな下着を着けてるからでしょ？」

「あっ、いや……」

「誤魔化さないでもいいの。わたしも興奮してるもん。こんないやらしい下着を着けちゃって……」

純菜の言葉は、いたずらな挑発ではなかった。こちらを見つめている眼が、ねっとりと潤みきっていた。もともと興奮すると眼を潤ますタチなのだが、今日に限っては黒い瞳が欲情の涙に溺れそうである。

「軽蔑する？」

「えっ？」

「エッチな下着を着けて興奮してるわたしのこと」

「するもんか」

秀二郎が純菜をきつく抱きしめると、純菜は脚をからめてきた。ざらついたナイロンの感触が、脚をからませるだけで妖しい気分を運んでくる。

「わたし、興奮してるから……」

純菜が耳元でささやいてきた。

「今日は、なんでも好きなことしていいよ」

「えっ……」

秀二郎は抱擁をゆるめ、純菜の顔を見つめた。

「なんでも？　好きなこと？」

「いままでしたことがないけど、してみたいこと、あるでしょ？」

あるっ！　と秀二郎は内心で挙手をしてしまった。

純菜は元アイドルであり、「推し」だった。百億円のダイヤより大切に扱わなければならないし、間違っても嫌な思いなんてさせられないから、彼女が眉をひそめそうなことは求めないよう、厳に自分を律してきた。

その筆頭がオーラルセックスだ。

男女の関係になって三カ月、ふたりはまだ、クンニリングスやフェラチオをしたことがなかった。クンニに関しては純菜が「匂いを嗅がれるのが恥ずかしい」とはっきり言っていたし、フェラに関しては秀二郎が尻込みしていた。「推し」の清らかな唇を、自分の欲望器官で穢したくなかったのだ。

だがもちろん、クンニにしろフェラにしろ、チャンスがあるならやってみたい。そしてそのチャンスは唐突に、いま訪れた。クンニにフェラ、さらにはシックスナインと、夢は大きくひろがっていく。

（待てよ……いくらお許しが出たとはいえ、どっちも求めるのは図々しいんじゃないか？　クンニかフェラ、どっちかに絞ってお願いしたほうが……）

究極の選択だった。

申し訳なさを呑みこんで「推し」にフェラをしてもらえば、間違いなく一生の思い出になるだろう。純菜が男根を舐めしゃぶっているところを想像しただけで激しい身震いが襲いかかってくるほど興奮するし、ましてやその男根が自分のものとなれば、達成感は計り知れない。

しかし、クンニもクンニで捨てがたかった。「推し」のいちばん恥ずかしいところを舐めまわし、ひいひいとよがり泣かせることができれば、それもまた一生の思い出になる。

「クッ、クンニ、してもいいかな？」

秀二郎の言葉に、純菜は大きく息を呑みこんだ。なんでも好きなことをしていいと言った以上、ある程度覚悟していたのだろうが、動揺して眼が泳ぎはじめる。

秀二郎がフェラではなくクンニを選んだのは、ファンクラブ会員番号一番としては、やはり奉仕をされるより、奉仕をするほうにまわりたかったからだ。彼女は元アイドルで、こちらは彼女の元追っかけ——身分の差というものを考えなくてはならない。クンニをしてあげたこともないのにフェラを求めるなんて、元追っかけの分際で面の皮が厚すぎる。

　とはいえ、純菜があまりにも戸惑っているので、

「いっ、嫌ならべつにいいんだ……」

　秀二郎はすかさずフォローを入れた。

「苦手だって言ってたもんね？　人間、誰にだって苦手なことはあるよ。いまの話は水に流して、いつものように……」

「違うんです」

　純菜が秀二郎を制して言った。

「気が合うなあって、思ったから……」

「どういうこと？」

「わたしもその……クンニされてみたいなあって……あっ、誓って言いますけど、夫にもされたことがないんです。でも、秀さんなら、そういう大胆なことをされてもいいかなあって、思ってたから……」

　視線と視線がぶつかりあった。お互いに大きく息を呑みこんだまま吐きださなかった。秀二郎の心臓は早鐘を打ちはじめ、手のひらがびっしょりに汗ばんでいくのを感じた。

3

パンティストッキングは、それを脱がなければパンティが脱げない。

しかし、ガーターストッキングは、ガーターベルトやセパレート式のストッキングを着けたままの状態で、パンティだけを脱ぐことができる。ストラップの上からパンティを穿いているからだ。

（緊張するな……）

純菜の下半身の横に陣取った秀二郎は、滑稽なほど震えている手指をパンティに伸ばしていった。もう何度も体を重ねているとはいえ、純菜からパンティを脱がす瞬間は、いつだって緊張する。

しかも、今回はパンティは黒いスケスケ——穿いている状態でも陰毛が透けているから、眼のやり場に困ってしまう。

もちろん、これから初めてのクンニをしようというのに、パンティを脱がす前から緊張しまくりでは、先が思いやられるというものだった。

パンティの両サイドを指でつまんだ。そっとおろしていくと、純菜が腰を浮かしてくれた。一瞬眼が合い、お互いすぐに顔をそむけた。緊張しているのは秀二郎だけではないようだった。

パンティをおろした。極薄の黒いナイロンに透けていた陰毛が、生身の姿を現した。毛量が頼りないほど少ないから、こんもりと盛りあがった恥丘の形状がよくわかる。視線をそこに釘づけにされながら、純菜の両脚の間に移動していく。

「ああっ……」

両脚をM字に割りひろげていくと、純菜は両手で顔を覆い隠した。最初のセックスで大胆な騎乗位を披露したのも彼女なら、若い女の子のように羞じらうのもまた彼女だった。本人曰く、本当はとても恥ずかしがり屋なのだが、気持ちがよくなってくると、わけがわからなくなって大胆な行動に出てしまうらしい。

「あんまりジロジロ見ないでくださいよ……」

か細く震える声で純菜が言う。顔は両手で隠したままだ。

「あと、絶対に匂いも嗅がないでください。お願いします……」

「わっ、わかってるさ」

秀二郎は答えたが、ジロジロ見ないわけにもいかないし、匂いを嗅がないわけにもいかないだろうと思った。

目の前に、純菜の花が咲いていた。

いつ見ても清らかな花だった。割れ目のまわりは無毛状態だし、アーモンドピンクの花びらは美しい色艶で、形も崩れていない。

もう何度も体を重ねているとはいえ、こんなふうに正面から両脚の間をのぞきこむのは、裸エプロンのとき以来だった。あのときは三秒ほどしか見せてもらえなかったが、今日はそんなことはない。

ぴったりと口を閉じている花びらの合わせ目に、ふうっと息を吹きかけた。跳ね返ってきた吐息には、しっかりと純菜の匂いが含まれていた。女が発情したときに振りまく、生々しいフェロモンが……。

（こっ、これは嗅がないわけにはいかないよなあ……）

純菜に気づかれないように、秀二郎は鼻から胸いっぱいに彼女のフェロモンを吸いこんだ。感動に眩暈（めまい）がした。発酵しすぎたヨーグルトのような、決していい匂いではないのだが、男の本能をこれでもかと揺さぶられる。

口を開き、舌を伸ばした。アーモンドピンクの花びらがつくりだす、魅惑の縦一本筋にツツーッと舌先を這わせていく。ついに「推し」の花を舐めてしまった興奮に、頭の中が爆発しそうだ。

「んんーっ!」

純菜が身悶えて腰をひねる。両脚まで閉じようとしたので、申し訳ないけれど、肉づきのいい太腿をつかんであられもないM字開脚に押さえこむ。

ツツーッ、ツツーッ、と縦筋を何度も舐めあげていくと、やがて左右の花びらがはらりとほつれ、つやつやと濡れ光る薄桃色の粘膜が恥ずかしげに顔をのぞかせた。秀二郎の興奮は最高潮に達し、ペロペロと舐めまわした。相手は他ならぬ「推し」である。下品な愛撫は厳禁だとわかっていても、猫がミルクを舐めるような音までたてて、純菜の恥ずかしい粘膜を味わってしまう。

「んんんーっ! くぅうううーっ!」

純菜は激しく身悶えている。彼女の言葉を信じるなら、生まれて初めて経験するクンニリングスだった。指での愛撫とはまた違う、生温かい舌の刺激はいかほどのものだろう? 感じやすい彼女であれば、すぐに順応しそうだが……。

「むうっ! むううっ!」

秀二郎は鼻息を荒らげて、舌を動かした。さらには花びらを口に含み、ヌメリを拭うようにしゃぶりまわす。くにゃくにゃした舐め心地がいやらしすぎる。興奮の証なのか、次第に肥厚していくのがまたいやらしい。

いったん股間から口を離し、純菜を見た。

もう両手で顔を覆い隠していなかった。青春時代に憧れ抜いた「推し」は、当時と変わらぬお嬢さまフェイスを真っ赤に染めあげ、ハアハアと息をはずませていた。耳や首まで紅潮させた姿がいやらしすぎて、口の中に生唾があふれてくる。

いままで舐めていた部分に視線を移した。たっぷりとしゃぶりまわしたせいか、左右の花びらは蝶々のような形に開き、内側をすっかり見せていた。薔薇のつぼみのように幾重にも重なった薄桃色の肉ひだが、ひくひくと蠢きながら息づいている。花びらの合わせ目の上端には、米粒大のクリトリスがほんの少しだけ包皮から顔を出している。

秀二郎は満を持して、そこに舌を伸ばしていった。

「はっ、はぁあああああーっ！」

舌先が敏感な肉芽に触れると、純菜は全身を弓なりに反り返した。さらにねちねちと舐め転がせば、手脚をジタバタさせてあえぎにあえいだ。彼女はセクシーランジェリーを着けていた。胸には黒いブラジャー、腰には黒いガーターベルト、パンティだけは脱がせたが、長い両脚にはセパレート式の黒いストッキング——そんな格好でジタバタしていると、まるでエロスを振りまいているようだ。

「ダッ、ダメッ……ダメよ、秀さんっ……」

純菜が身悶えながら言葉を継ぐ。

「そんなにしたら、ダメになるっ……純菜、ダメになっちゃいますうっ……」

オルガスムスが近づいているようだった。秀二郎は顎の付け根が痛みはじめているのもかまわず、ねちねち、ねちねち、と一定のリズムでクリトリスを舐め転がしつづける。

「イッ、イクッ！　イッちゃううううーっ！　はぁうううううーっ！」

純菜は喉を突きだしてのけぞると、ガクガクと腰を震わせてオルガスムスに駆けあがっていった。

舌先だけで女をイカせた達成感に、秀二郎は身震いした。セクシーランジェリー姿でのたうちまわっている純菜はエロスの化身としか言い様がなく、むらむらとこみあげてくる欲望をこらえることができなくなった。

「ああああっ……はぁああっ……はぁあああっ……」

イキきった純菜は激しく息をはずませ、けれどもひどく恥ずかしそうに顔をそむけている。自分だけが一方的にイカされたことが恥ずかしいなら、一緒に気持ちよくなればいい。

秀二郎は上体を起こし、勃起しきった男根を握りしめた。切っ先を濡れた花園にあてがい、ハアハアと肩で息をしている純菜を見る。視線に気づいた彼女が薄眼を開けると、

「いくよ」

と声をかけた。

純菜がうなずく。視線と視線がぶつかりあう。秀二郎は息をとめ、腰を前に送りだした。ずぶっ、と亀頭が割れ目に埋まると、ヌメヌメした内側の肉ひだが吸いついてきた。クンニで一度イッた肉穴はよく濡れて、ひどく興奮しているようだった。

「はっ、はぁあああああーっ！」

一気に最奥まで貫いていくと、純菜が喜悦に歪んだ声を放ちながら両手を伸ばしてきた。秀二郎は上体を覆い被せて抱擁に応えた。いつもと抱き心地が違った。胸にはスケスケのブラジャーの感触、腹にはガーターベルトのレース、さらに腰にはざらついたストッキングに包まれた両脚がからみついてくる。

「むううっ！」

欲望のままに、腰を動かしはじめた。純菜と付き合うまで素人童貞だった秀二郎だが、彼女と何度も体を重ねたことで、セックスのコツをつかんだ気がしていた。金で

買ったソープ嬢とするセックスと、愛する女とするそれはやはり違う。ソープでは自分が気持ちよくなることが優先でも、相手が「推し」となると、彼女に気持ちよくなってもらいたいという欲望が強い。

「はっ、はぁうううううーっ！」

腕の中で、純菜が激しく身をよじった。

「そっ、そこいいっ！　気持ちいいっ！　またイキそうっ！　すぐイッちゃいそううううーっ！」

最初のころはわからなかったが、純菜は肉穴の奥が最高に感じるのだ。コリコリした子宮を亀頭でこすりあげるように刺激すると、あっという間に絶頂に達する。

「イッ、イクッ！　もうイッちゃうっ！　イクイクイクイクッ……はっ、はぁあああああーっ！」

全身をビクビクと痙攣させている純菜を、秀二郎はしっかりと抱きしめてさらに突きあげた。奥が感じるということの他にも、最初のころにはわからなかった発見があった。

純菜は何度でも続けて絶頂に達することができるのだ。男にはわかりづらい感覚だが、秀二郎が一度の射精に達する間に、ゆうに五、六回は恍惚(こうこつ)の彼方(かなた)にゆき果てていく。

たまらなかった。

奥を突けばイキまくる純菜のことを、いやらしい女だと軽蔑はしない。彼女が三十五歳の大人の女になったように、秀二郎も大人の男になった。若いころは、処女だと信じて疑っていなかった純菜に夢中だった。清らかな彼女のことを、いやらしい眼で見る男がいるだけで不快だった。

しかしいまは、イキまくる純菜がたまらない。ひいひいと喉を絞ってよがり泣き、わけがわからなくなるほど快楽に溺れている彼女が愛(いと)おしい。

女が燃えれば男も燃えるのが、セックスなのだ。自分の欲望より相手の欲望に奉仕したほうが、ずっと深い満足感を得られるものなのである。

4

このところ、秀二郎は充実した毎日を送っていた。

週に一度、毎週火曜日に純菜と会う生活は、ただ単に夢のような恋愛生活を手に入れただけではなく、仕事に取り組む姿勢も変化させた。

以前は、もっと適当に生きてきた。店を軌道に乗せるため、がむしゃらに頑張りつつも、手を抜けるところは抜いてきたし、楽をするところは楽して稼ぎたいという姿勢だった。しかしいまは、モツに串を打つ作業一つひとつにも尋常ではない気合いを入れている。

「ねえ、大将。ここへきて腕をあげたんじゃないの。今日の焼トン旨いねえ」

常連客にそう言われれば満更でもなく、ならばもっと旨い焼トンを出してやろうとやる気をみなぎらせる。

純菜に釣りあう男になりたいからだった。

所詮は無理だとわかっていても、「推し」の恋人である男が、適当であることは許されないと思った。大金をつかめるほどの成功者にはなれないだろうが、せめて何事にも全身全霊で挑みたかった。そうでなければ、バチがあたりそうで怖かった。仕込みはもちろん、店の掃除も接客も、自分のできる全力を尽くした。そういうエネルギーを純菜が与えてくれたと言ってもいい。

そんなある日のことである。

「ねえ、ちょっと、大将、聞いてよー」

そう言ってドヤドヤと店に入ってきた客があった。

山川孝司と畑中芳夫――月に二、三回やってくる、準常連のような男たちである。歳は四十前後だろうか。近所にある中古車販売店に勤めている営業マンだ。

「どうしたんですか？　おふたりとも顔色が冴えないですね」

秀二郎は注文された焼酎ハイボールを出しながら訊ねた。

「どうもこうもないよ、こいつ、サレ夫になったんだよ」

山川が畑中を指差して言った。

「サッ、サレ夫？」

秀二郎が首をかしげると、

「カミさんに浮気された男のことをそう言うんだよ」

「なっ、なるほど……浮気をされたから、サレ夫……」

「ひどい話でさ。十も年下のスポーツジムのインストラクターと、もう二年も不倫の関係にあったらしい」

秀二郎はどういう顔をしていいかわからなくなった。一日の疲れを癒やす酒を飲むのには、いささかヘビーすぎる話題である。

「俺も悪いんですよ……」

畑中はいまにも泣きだしそうな顔で焼酎ハイボールをぐびりと飲んだ。

「もう何年もセックスレスだったし、女扱いしなくなって久しいというか……不倫が発覚して問いつめたとき、カミさんに言われましたからね。水をくれなきゃどんな花でも枯れちゃうのよ、って」

「イカれたカミさんだな。不倫しといて、なんだいその言い草は？」

山川が吐き捨てるように言うと、

「まったくですなあ……」

隣の席で話を聞いていた村重和哉（むらしげかずや）がうなずいた。近所の煙草屋のオヤジである。真っ白い長髪をひとつにまとめ、二〇センチはあろうかという白髭（ひげ）をたくわえた風貌から「仙人」と呼ばれているが、意外に若くてまだ五十代らしい。

「不倫の味は蜜の味、と言いますからなあ。家ではニコリとも笑わずにいる女も、不倫相手との逢瀬のときだけは少女みたいにうきうきしているらしいですぞ」

「仙人、まさか不倫肯定派なの？」

「いやいやいや。外に男をつくった女なんて、いますぐ三行半（みくだりはん）を突きつけたほうがいい。離婚は面倒でしょうが、畑中さんはまだ若い。バツイチになっても、すぐに次の女が見つかりますよ。バツイチはモテるって説もあるくらいで」

「しかしなあ……」

畑中は頭を抱えている。

「うちにはまだ小学生の子供がふたりいるし、現実問題として、カミさんがいなくなったら、家の中がガタガタですよ。僕は仕事人間だから、家のことはなにもわからない。家事なんてひとつもできないし……」

「離婚一択でしょう」

安岡正次(やすおかしょうじ)が溜息まじりに言った。村重の飲み仲間で、近所の床屋だ。

「実は私もね、畑中さんと同じ境遇になったことがある。もう十年以上前の話ですが、四十一の厄年に、カミさんに浮気をされた。そのとき、畑中さんと同じ理由で、離婚には踏みきれなかったんですよ。心を入れ替えて家のことをしっかりやってくれるなら、すべてを水に流そうと……大失敗でした。四十過ぎて女を取り戻した女房ほど、手に負えないものはない。やれ服を買ってくれだの、やれ誕生日のディナーはどこがいいだの、いちいち女扱いを求めてくる。面倒くさがればガン無視かヒステリー、さすがにうんざりした私は、心のオアシスをキャバクラに求めました。求めるでしょ、普通。それで、そういうときに限ってワンチャンやれたりしてしまうのが人生なんでしょうね。いい子だったんですよ。田舎(いなか)から出てきたばかりの二十歳で、顔は地味でしたが体はギンギン……でも結局、浮気がバレて離婚ですよ。最初に浮気したのは女房のほうなのに、慰謝料やら財産分与やら養育費やら、とんでもない額を毟(むし)りとられ……ねえ、畑中さん！　離婚するならいまですよ！　いま！　サレ夫仲間からの切実な意見として、即刻離婚に一票入れさせていただきます」

店内の空気が海底のように重くなった。秀二郎は店主としてなんとかしなければならないと焦ったが、最後のひとりが口を開いた。

「カミさんを女扱いできない男は、結婚なんかしなさんな！」

そのとき〈焼トンの店 ひで〉のカウンターには、山川、畑中、村重、安岡という男たち以外に、女がひとりいた。

岡田史恵(おかだふみえ)という還暦を過ぎた婆さんだ。近所のスナックのホステスだが、今日は店の定休日なので、すでに焼酎のボトルを一本空けていた。噂ではバツ三ともバツ四とも言われる恋愛中毒で、いまだに棺桶に片足を突っこんだような爺さんと、浮き名を流しているらしい。

「不倫の味は蜜の味、たしかにそうだわね。わたしにも経験がある。とくにセックスがたまらないのよ。毎日パンツ洗ってる亭主にマンネリなやり方で抱かれても、溜息しか出てこない。そこいくと不倫相手とはいちおうホテルに行くわけでしょう。下品な内装のラブホテルでもいいの。そこには非日常がひろがっている。普段と違ってセックスに集中できるから、心置きなくイキまくることができる……」

どぎつい下ネタも、しゃべっているのが還暦過ぎの婆さんなので、聞いている男たちは、例外なく酸っぱい顔になっていった。

「でも、その……不倫には発展性がないじゃないですか……」

畑中が恐るおそる訊ねると、

「だからいいんじゃないの！」

史恵は鬼の形相で一喝した。

「独身同士で恋に落ち、結婚に向かって坂を登っていく……これはこれで楽しいわよ。家族をつくるって実感があって、精神的にも満たされる。でも、不倫は逆。ふたりで坂を転げ落ちていくの。たまらないわよ、あのスリル。とにかくセックスがね、坂を登りながらより、転げ落ちながらのほうが燃えるのよ……」

「転げ落ちた先にはなにがあるんですかね？」

山川がうんざりした顔で訊ねた。

史恵はすぐには答えなかった。意味ありげな眼つきで男たちの顔を一人ひとり眺め、たっぷりと間をとってから言った。

「地獄よ」

でしょうね、という男たち全員の心の声が聞こえてきそうだった。

「でも、地獄だっていいじゃない。どうせこの世は地獄なのよ。それじゃあ、くだらない亭主に我慢して、何十年も連れそうことは地獄じゃないの？　それだったら、愛を実感できて、セックスもいい不倫のほうがよっぽどマシじゃないの。たとえ離婚されて、子供と生き別れる結果になっても、心が満たされる愛の言葉と、体が満たされる四十八手があったほうが……」

「あっ、あのう、岡田さん……」

秀二郎は口を挟んだ。客同士の口論に首を突っこむことなど滅多にないのだが、このときばかりは黙っていられなかった。

「不倫して、離婚して、不倫相手と再婚したとしてですね……でも結婚生活が日常になってきたら、また退屈な亭主が一丁上がりなわけですよね？」

「そのときはそのときよ。また不倫すればいいだけ」

史恵は平然と言ってのけた。

「世の中にはいい男も、セックスのうまい男もゴマンといるから。そうなりたくないなら、女を女扱いすることを忘れなさんな。女扱いっていうのは、服を買うとか、豪華なレストランに連れていくってことじゃないの。単刀直入にセックスよ。毎晩念入りにセックスしてれば、女は絶対に不倫なんて……」

「あのさあ……」

村重が怒りに震える声で史恵を制した。

「さっきからあんた、セックス、セックス、ってうるさいんだよ。あんたみたいなクソババアの口からセックスなんて単語が出てくると、酒がまずくなってしょうがないから、少し黙っててくれ」

「なんですって！」

醜い罵りあいをはじめた客たちを前に、秀二郎はほとんど放心状態だった。

もちろん、純菜のことを考えていたからである。

彼女と秀二郎も、まがうことなき不倫の関係だった。正面切って話しあったことはないけれど、彼女との会話の端々には夫の暗い影がチラついている。

「夫とは何年もセックスレスだから」

もう何回も言われた台詞だ。

「あの人のモラハラにはうんざり」

「子供のことが片づいたら、絶対離婚する」

「ひとりになって秀さんのところに来るから、それまで待ってて」

純菜がそういうことを口走るのは、ピロートークのときに決まっていた。セックスを終え、まだオルガスムスの余韻が残っている顔でささやいてくる。

そういう言葉を、額面通りに信じていいとは思えない。

そもそも、富裕層の会社経営者と離婚して、その後の生活のことを純菜はいったいどう考えているのだろう？　お嬢さま育ちで、元アイドルの彼女を、下町の焼トン屋のおやじの稼ぎで満足させられるとは思わない。六畳ひと間の安アパートで同居生活なんて、はっきり言ってお笑い草だ。だいたい、純菜には現在中学三年生の息子がいるのである。

再婚なんて不可能だ。

もちろん……。

秀二郎にしても、結婚なんて大それたことを考えているわけではなかった。夫婦仲がうまくいっていない「推し」の「隠れ家」になれればそれで充分だと、心の底から思っていた。

しかし、セックスまでしてしまったのは失敗だった。大失敗だ。

セックスが燃えあがれば燃えあがるほど、未来について不安になる。体を重ねる回数が増えるにつれ、クライマックスの一体感も増していった。身も心も蕩（とろ）けてしまうようなエクスタシーというものの存在を、秀二郎は純菜と付き合ってから初めて知らされた。

射精に向かって一心不乱に腰を使っているとき、いまこのときが永遠に続けばいいといつも思う。だが、そんなことがあり得ない以上、いつかは覚悟を決めなければならない。

別れる覚悟、である。

史恵の言う通り、くだらない亭主に我慢して結婚生活を維持するのは、それはそれで地獄なのかもしれない。しかし、少なくとも経済的には支えてもらえる。まわりに対して体面も保てるし、子供を不安に陥(おとしい)れることもないだろう。

純菜をこのまま、不倫の恋に溺れさせていてはいけないのだ。秀二郎と純菜のふたりは未来を描けないのだから。

5

不倫だ離婚だと喧々諤々(けんけんがくがく)の口論は夜が更(ふ)けても延々と続き、閉店時間の午後十一時三十分を過ぎているのに、誰も帰ろうとしなかった。

「もう看板ですよ。後片付けもあるんで、そろそろ腰をあげてくださいよ」

泣きそうな顔で何度も頭をさげ、午前零時にようやく最後のひとりを送りだした。長っ尻の常連客は酒場にとっては財産だが、それにしても限度というものがある。誰も彼もいい歳して、黙っていたら朝まで飲みつづける勢いだった。

「……ふうっ」

なんだか疲れてしまって、秀二郎は後片付けもせずに店を出た。ダウンジャケットを羽織ってふらふらと歩きだすと、師走の夜空に満月が浮かんでいた。やけに冴えざえと輝いている月を、恨めしげに見上げながら歩く。

不倫の味は蜜の味という言葉が、頭の中をぐるぐるまわっていた。いくらそれが甘くても、行く先は地獄しかないのは誰にだってわかる話だ。もちろん、仕事もせず、アルコール中毒で、ＤＶ癖まである夫から逃れ、まともな男に乗り換えるというような話であれば美談だろう。

しかし、いまの世の中で不倫がもてはやされているのは、不倫が恋愛に特化された関係だからなのではないか？　面倒で退屈な日常生活から切り離されたところで、ロマンスの果実だけをむさぼり、思う存分セックスに溺れられるから、誰も彼もが夢中になっているように思える。

だが一方で、面倒で退屈な日常生活を維持していなければ、まともな社会人でいられなくなるのは自明なことだ。いままで築きあげてきたそれを打ち棄ててまで、ロマンスを追求する人間なんて、ほとんどいないのではないだろうか？　不倫スキャンダルを報道された男性芸能人が、家庭を捨てて浮気相手のキャバクラ嬢と再婚したなんて話は、寡聞にして知らない。

「……んっ？」

行く手に人影が見えたので、秀二郎は立ちどまって身構えた。ここは裏通りにある住宅街、午前零時過ぎに人とすれ違うことはない。にもかかわらず、アパートの前に人が立っていた。通り魔が出るような物騒な土地柄ではないけれど、君子危うきに近寄らずだ。

踵を返して店に戻ろうとすると、

「秀さん……」

後ろから声をかけられた。たとえか細くても聞き間違えることはない、「推し」の声だった。びっくりして振り返り、声の主のところまで駆け寄った。

「会いにきちゃった」

満面の笑みを浮かべている純菜を前に、秀二郎は戸惑うことしかできなかった。

「会いにきちゃったって……夜に来たことなんかないじゃないか？　なんかあったのかい？」

「好きな人に会いたいのに理由なんてないでしょ。ベランダから月を見てたの。今日はとっても綺麗な満月でしょ？　で、月を見ながら秀さんに会いたいなー、って思ってたんだけど、気がついたらタクシーに乗ってた」

秀二郎はにわかに言葉を返せなかった。人は恋をすると突拍子もない行動をとることがあるらしいが、それにしても……。

「とっ、とにかく部屋に入ろう」

師走の夜風は冷たかった。しかも、寝静まった深夜の住宅街は、人の話し声がとても響く。

部屋に入ると、まず石油ストーブをつけた。容赦なくすきま風が入りこむ安アパートの部屋は、外と変わらないくらい寒い。

石油ストーブの前にしゃがんでいる秀二郎の横で、純菜もしゃがんで身を寄せてきた。肩と肩が触れあうと、秀二郎の息はとまった。

純菜はグレイのコートを着ていた。ウール製なので防寒能力は高そうだったが、頬が赤くなっている。ずいぶんと冷たい夜風になぶられたのかもしれない。

「すまないな。すぐに暖かくなるからさ」

「秀さんがあっためて」

純菜が腕にしがみついてくる。左の腕だった。秀二郎は右手を彼女の顔に伸ばしていった。ふっくらした頬を手のひらで包むと、氷に触れたように冷たかった。セックスが始まる前は、いつだって燃えるように熱いのに……。

「……ぅんんっ！」

重ねた唇もまた、冷たかった。しかし、お互いに口を開いて舌を差しだすと、からめあった舌は熱かった。

「ぅんんっ……ぅんんっ……」

赤く燃えあがる石油ストーブの前で、情熱的なキスをした。秀二郎の心中は複雑だった。純菜が夜中に会いにきてくれたことは、単純に嬉しかった。恋人に会いたくていても立ってもいられず、深夜の道を疾走する——恋愛ドラマによくあるシーンだ。自分には一生縁がないと思っていただけに、情けなかった青春をやり直しているような、そんな気分にもなってくる。

しかし、秀二郎も純菜も三十五歳。もう若さにまかせて無茶ができる年ではなかった。独身の秀二郎はともかく、純菜には家族がいる。こんな時間にこんなところにやってきて大丈夫なのか、と不安になってくる。

もちろん、大丈夫なわけがなかった。

きっとこれは、終わりの始まりに違いない。バレたらアウトな禁断の関係であればこそ、節度を守ることが大切だ。にもかかわらず純菜は、月を見ていたら会いたくなったなどとお花畑なことを口走り、実際に会いにきてしまっている。そういう無軌道な関係の果てに行きつく先が、地獄でなくてどこなのだろう？

だが、秀二郎はキスを求めてくる純菜を押し返すことができなかった。むしろますます情熱的に舌をからめあい、唾液を啜りあってしまう。

キスを深めていきながら、純菜を見つめた。「推し」が眼を潤ませて欲情していた。その眼と見つめあっていると、すべてがどうでもいいことのように思えてきた。可愛い頬を氷のように冷たくして自分を待っていてくれた女を拒むくらいなら、彼女と一緒に地獄に堕ちたほうがマシかもしれない。

「……あんっ！」

畳の上に押し倒すと、純菜は小さく声をもらした。秀二郎は彼女のコートのボタンをはずした。グレイのコートの下は、ピンクのニットワンピースだった。彼女の勝負カラーだ。純菜にしても、こんな時間に訊ねてきて、秀二郎に冷たくされないか、不安だったのかもしれない。

馬乗りになって、ふたつの胸のふくらみを揉みしだいた。ぐいぐいと指を動かして、ワンピースとブラジャー越しに性感帯を刺激すれば、純菜はみるみる眼の下を赤く染め、ハアハアと息をはずませはじめた。

欲望がつんのめっていく。

本当なら、服が皺にならないよう丁寧に脱がせ、布団を敷いてから、その上で事を始めるべきなのだろう。

まどろっこしくてできなかった。それほどの冷静さがあったなら、きっとセックス自体をしようとしなかったはずだ。

秀二郎は欲望のままに後退り、ワンピースの裾をめくった。

「あああっ……」

パンティをさらけだされた純菜は、羞恥にあえいだ。彼女はナチュラルカラーのパンティストッキングを着けていた。その下に透けているのは、ゴールドベージュのパンティだった。つやつやと光沢のある生地が、こんもりと盛りあがった恥丘をぴったりと覆っている。

秀二郎はためらうことなく、そこに鼻面を押しつけた。前回初めて経験したことで、純菜はクンニに開眼していた。事後のピロートークで「クンニって気持ちいいのね」とささやいてきた。

今日はまだお許しを得ていないが、あの感じなら怒ったり泣いたりはしないだろう。純菜にしても、恥ずかしさと気持ちよさを秤(はかり)にかけて、気持ちよさのほうに軍配を上げた——男の身勝手な希望的観測だろうか？

「あああっ……んんんっ……」

恥丘のこんもりをなぞるように鼻の頭を動かし、ざらついたナイロン越しに柔肉を刺激する。純菜に気づかれないように甘い匂いを嗅ぎまわしつつ、鼻の頭をクリトリスあたりにこすりつけていく。

両手は左右の太腿をつかみ、指を動かしていた。純菜の太腿は顔に似合わずむっちりと肉感的だから、たまらなく揉み心地がいい。ざらついた極薄ナイロンに包まれた状態では、感触のいやらしさも倍増だ。

「くううっ……くぅううーっ！」

鼻の頭によるクリへの刺激が効いているらしく、純菜は激しく身悶えている。宙に浮いている爪先が、内側にぎゅうっと折れ曲がっていく。ストッキングを穿いているせいか、妙にエロティックだ。

「ひっ、秀さん……」

純菜が息をはずませながら声をかけてきた。

「やっ、破ってもいいよ……」

「えっ……」

秀二郎は眼を見開いた。この状況で「破ってもいい」ものといえば、ストッキングを置いて他にはないだろう。ストッキングを破っていいということは、その勢いのまま生身のクンニをしてもOKということではないか……。

ビリビリッ、とサディスティックな音をたてて極薄のナイロンを破った。センターシームを裂くようにして、ゴールドベージュのパンティを剝きだしにする。さらにパンティのフロント部分に指をかけて片側に寄せていけば、アーモンドピンクの花が艶やかに咲き誇る。

いつ見ても、何度見ても、清らかな花だった。秀二郎は舌を伸ばし、花びらの合わせ目を舐めあげた。縦筋を下から上に、下から上に、ねちっこく舌を這わせる。純菜にストップをかけられる前に舐めはじめてしまおうという作戦だったが、ストップの声はかからなかった。

「くくっ……くううううーっ！」

純菜は喉を突きだしてのけぞり、歯を食いしばっている。声をこらえているからだ。自分だけが乱れてしまうのが恥ずかしいのだ。

「クンニって気持ちいいのね」とピロートークでささやいてきた純菜だったが、「わたしばっかりイカされるのは恥ずかしいから、今度するときはイク前に入れてね」とも言ってきた。

「むううっ！　むううっ！」

秀二郎は春の若草のような陰毛を荒ぶる鼻息で揺らしながら、花びらの合わせ目を執拗に舐めた。それがほつれてくると、ヌプヌプと舌先を差しこみ、浅瀬を掻き混ぜた。その時点でもう、純菜は手脚をジタバタさせてあえぎにあえいでいたが、舌先が敏感な肉芽に届くと、

「あぁうううううーっ！」

甲高い声をこらえきれなくなり、浮かした腰をガクガクと震わせた。

秀二郎は米粒大のクリトリスを丁寧に愛撫した。まずは包皮が被った状態でねちっこく舐めまわし、尖ってきたら舌先を素早く左右に動かした。唇を押しつけ、吸いたてるようなこともして、純菜をしたたかに翻弄した。

とはいえ、彼女との約束は忘れていなかった。このままではイカせてしまうことに

なりそうだったので、適当なところで切りあげてズボンとブリーフを脱ぎ捨てた。はっきり言って、こちらも辛抱たまらなくなっていた。どうせイカせるなら、大蛇のように禍々(まがまが)しく反り返っている、この男根でイカせたい。

「あっ……んっ……」

正常位の体勢で切っ先を濡れた花園にあてがうと、純菜はこちらを見た。何秒間か視線を合わせてから、ゆっくりと眼を閉じた。祈るような表情で眼を閉じている純菜の顔を、石油ストーブの赤い炎が照らしていた。秀二郎は息をとめ、腰を前に送りだした。

「んんんーっ！」

ずぶっ、と亀頭を埋めこむと、純菜は両手を伸ばしてきた。抱きしめてほしいという、いつものおねだりだったが、秀二郎は上体を起こしたままゆっくりと腰を動かしはじめた。純菜はコートを着ているし、秀二郎に至ってはダウンジャケットを着たままだった。まだ部屋が寒いからだが、そんな状態で抱擁したくなかったし、なによりもう少しだけ眼福を楽しみたかった。

M字に開かれた純菜の両脚はナチュラルカラーのストッキングに包まれ、センターシームの裂け目からゴールドベージュのパンティが見えている。フロント部分を片側に寄せ、強引に割れ目を露出させた格好だが、その強引さがなんとも言えないエロスを醸しだしていた。ピンクのニットワンピースの裾がしどけなくめくられているのも、たまらなく悩殺的だ。

「むううっ！　むううっ！」

秀二郎は純菜の両膝をつかんでM字開脚をキープしたまま、ぐいぐいと律動を送りこんだ。彼女は陰毛が薄いから、勃起しきった男根が女の割れ目に突き刺さり、出たり入ったりしている様子がよく見える。

「推し」を穢しているような罪悪感がこみあげてくる一方、その何十倍の勢いで興奮が体を熱くしていった。男根が限界を超えて硬くなり、腰を振る動きが熱を帯びていく。純菜の蜜穴はよく濡れているから、ずちゅっぐちゅっ、ずちゅっぐちゅっ、と淫らな肉ずれ音がたつ。その音に煽られるように、腰使いがさらに熱を帯びる。

ダウンジャケットを着ているので、汗が噴きだしてくるまで時間はかからなかった。腰を動かしながらダウンジャケットを脱ぎ捨てると、

「わっ、わたしもっ……わたしも暑いっ……」

純菜が赤く染まった顔で訴えてきた。石油ストーブの炎がすぐそこにあるので、部屋の温度はさしてあがっていないのに暑いのだ。

秀二郎はうなずき、純菜からコートを脱がした。さらにワンピースも頭から抜き、ブラジャーもはずしてしまう。

秀二郎もセーターとTシャツを脱いで裸身を露わにした。そうなると、上体を覆い被せて純菜を抱きしめずにはいられなかった。素肌と素肌が密着した瞬間、興奮の炎に油を注ぎこまれたような気がした。

「うんんっ！」

唇を重ねて舌をからめあいつつ、秀二郎は乳房を揉みしだいた。女らしい丸みにやわやわと指を食いこませては、ぽっちりと突起している乳首をいじりまわす。

もちろん、腰は動かしつづけている。悠然としたピッチで抜き差しし、粘っこい肉ずれ音をたてている。けれどもまだ純菜がいちばん感じる最奥は、突きあげていない。

「あああっ……はぁあああっ……はぁああああーっ！」

腕の中で純菜が激しく身をよじった。早く最奥を突いてもらいたいようだが、秀二郎はフルピッチ手前の抜き差しをキープした。純菜はイキやすいので、一度イッてしまうとイキッぱなしになってしまう。それももちろん興奮するのだが、いまはもう少し、愛を感じられるセックスがしたい。

純菜を愛していた。

いちファンだった自分が、「推し」に対して愛してるなんて大それていると思いつつも、それはもはや、秀二郎の中で動かしようのない事実だった。

しかし、愛すれば愛するほど、いまの状況が苦しくなっていく。いくら愛しても彼女は人妻、自分のものにはならないのだ。

「秀さんっ！　秀さんっ！」

純菜が叫びながらしがみついてきた。

「好きよっ！　大好きよっ！」

せつなげに眉根を寄せて訴えてくる純菜を見ていると、どういうわけか目頭が熱くなってきた。もう少しで涙まで流してしまいそうだったので、それを追いやるかのように、秀二郎は腰振りのギアを一段あげた。勃起しきった男根の先で、コリコリした子宮をしたたかにこすりあげてやる。

「はっ、はぁうううううーっ！」

純菜が獣じみた悲鳴をあげてのけぞった。

「そっ、そこはダメッ……そこをされるとすぐイッちゃうからっ……ダメだからっ……奥はダメだかららあああーっ！」

言いつつも、あえぎ声のボルテージをどんどんあげていく。長い黒髪を振り乱し、ひいひいと喉を絞ってよがりによがる。

「イッ、イッちゃうっ……奥でイッちゃうっ……イッちゃう、イッちゃう、イッちゃうっ……はっ、はぁおおおおおおおおーっ！」

ビクンッ、ビクンッ、と腰を跳ねあげて、純菜は絶頂に達した。ビクビクと痙攣している彼女の体をきつく抱きしめながら、秀二郎はいったん動きをとめて、呼吸を整えた。

ふたりの夜はまだ始まったばかりだった。

6

膣外射精を果たした白濁液が、純菜の腹部に付着していた。

秀二郎は最後の一滴まで絞りだすと、ハアハアと肩で息をしながらティッシュを取り、自分の放ったものを丁寧に拭った。

「あっ……」

純菜がこちらを見て口を開く。ありがとう、と言いたいようだったが、息があがっていて言葉が続かないようだった。元アイドルの可愛い顔にはオルガスムスの余韻がありありと残り、当時は想像もできなかったほど濃厚な色香を漂わせている。

秀二郎が射精に達するまで、純菜は十回近くも絶頂に達した。布団さえ敷かずに始めた愛の営みなのに、純菜はいつにも増して乱れに乱れ、秀二郎はそれに呼応して燃えに燃えた。いままででいちばん、と言っていいくらい……。

だが。

熱いセックスと石油ストーブのおかげで部屋は充分に暖まっているのに、秀二郎の心には師走の夜風より冷たい風が吹雪いていた。

男は射精すると冷めた気持ちになるという説もあるが、それとは違う。秀二郎は純菜を抱いたあと、いつだって抱く前より好きになっているし、いまだってそうだった。また一段「好き」の階段をのぼってしまったからこそ、つらいのだ。

「あのさ……」

秀二郎は白濁液を拭ったティッシュをゴミ箱に捨てると、上体を起こして正座した。両膝をつかんで、あお向けになっている純菜を見下ろした。

「僕たち、このままでいいのかな？」

「……どういう意味？」

純菜は不安げに眉をひそめた。秀二郎に合わせるように、上体を起こして正座した。

こちらの顔色をうかがいながら、乳房と股間を両手で隠す。

しばらく逡巡したのち、秀二郎は意を決して口を開いた。

「もっ、もう会わないほうがいいじゃないか、って言いたいんだ……」

秀二郎は震える声を絞りだした。

「キミは僕の『推し』だし、いままでもこれからも大好きだし、微力でも力になれることがあれば協力したいって思ってたけど……やっぱり、その……純菜さんには家庭があるわけじゃないか？　いまはうまくいってないかもしれないけど、ご主人もいればば、お子さんもいる。そういう立場でこういう関係を続けるのは……僕の好きだった、誰よりも清らかな栗原純菜じゃない」

純菜は唇を引き結んだまま、悲しげに眼を細めて聞いている。

「もちろん、僕だって心苦しい。キミのご主人に対して後ろめたい」

「夫とは離婚する」

純菜があまりにもきっぱり言ったので、

「いやいや……」

秀二郎は苦笑した。

「離婚されても、責任とれないし……」

「誰も責任とってなんて言ってないでしょ」

「実際問題、離婚は現実的じゃない」

「そうかな？　愛が冷めたから離婚する、普通じゃないかしら？　わたし、夫と一緒に生まれてきたわけじゃないもの」

「そう言うけどさ……」

秀二郎は深い溜息をついた。

「離婚するって話、キミの口から何回も聞いたけど、実際にはなんの行動も起こしてないわけじゃないか？」

純菜の表情が険しくなった。図星を突いたからだ。

「つまり、キミの中にも離婚はまずいっていう意識があるんだよ。それを責めているわけじゃない。家庭を壊したくないのは当然だ。だから……」

「わたし、秀さんが好きなの……この世でいちばん……」

「だから、そういう台詞は既婚者が言っちゃいけないんだよ。好きだと思ってもらえるのは、嬉しいけど……」

純菜が押し黙った。表情を抜け落としたまま一分近く沈黙を守っていたが、やがて口を開いた。

「別れる、ってこと？」

「ああ……」

秀二郎はうなずいた。

「そのほうがいいと思う」

「……あれ？　どうしたんだろう？」

純菜は眼尻を指で拭ってから、乾いた笑みをもらした。

「こんなに悲しいのに、どうして涙が出ないんだろう？　人って悲しすぎると涙が出ないものなのかしら……」

泣かないでくれ、と秀二郎は胸底で祈っていた。「推し」に泣かれたら、平常心ではいられない。こちらまで号泣して、せっかくの決意が涙に流されてしまいそうだ。

「でも、いいよ……」

はーっ、と大きく息を吐きだしてから、純菜は続けた。

「秀さんが別れたいっていうなら、それで……」

秀二郎は唇を噛みしめた。なにも言うことはできなかった。言い訳をしてしまったら、すべてが台無しになってしまう。

「楽しかった！」

純菜が抱きついてきた。抱擁を拒むことまでは、秀二郎にはできなかった。

「楽しかったし、大好きだった……ありがとう、秀さん……」

純菜は涙を流しているようだった。顔を押しつけられている胸に、それを感じた。

秀二郎は血が出るくらい唇を嚙みしめて、涙をこらえた。純菜を部屋から送りだすまでは、絶対に泣くものかと覚悟を決めた。

第五章　運命の戯れ

1

独り身の中年男性にとって、冬はつらい季節である。

寒さに人肌が恋しくなっても、ぬくもりを与えてくれる人は誰もいない。おまけに、独り身の淋しさをしみじみと思い知らされるイベントが次々と押し寄せてくる。クリスマス、大晦日（おおみそか）、正月三が日――それらは恋人同士、あるいは家族で過ごすのが一般的だ。普段は愛人と遊びほうけている金満おやじでも、年末年始は家族サービスに精を出す。

やってられなかった。

去年の年末年始は一日も休まず営業した。秀二郎と同じように恋人も家族もいない近所の呑み助たちに年越し蕎麦を出し、元旦には樽酒を振る舞ったりしたものだが、今年はそんな元気はなく、〈焼トンの店 ひで〉は一週間休むことにした。

常連客からは大ブーイングだったが、関係なかった。

とはいえ、休んだところですることもなく、安アパートに引きこもっていた。酒だけは売るほどあるので、朝から豪快に酒盛りだ。

酒のお供はノートパソコン——近所の激安PC店で中古を買い求めた。三千八百円だった。昨今の常識から考えるとあり得ないほどのロースペックだと店員にまでとめられたが、べつによかった。

秀二郎はただ、DVDを再生させられればよかったのだ。純菜のイメージDVD、コンサートDVDが十タイトル近くあるし、さらには卒業記念写真集に付録でついてきたセクシーDVDもある。

酒を飲みながら延々と見続けた。

美少女という意味では、ブレイク前後の十七歳、十八歳のころがピークだった。本当に輝くばかりの可愛らしさで、歌が下手だろうが、ダンスが苦手だろうが、ただそこにいるだけで場を清涼にした。純菜のまわりだけ、マイナスイオンをたっぷり含んださわやかな風が吹いているようだった。

十九歳、二十歳になると、そんな彼女もほんの少しだけ大人びる。コワモテの夫との熱愛が原因だと思うとやりきれなくなるが、まあいい。

卒業記念写真集に付録でついてきたＤＶＤで、純菜は自作の詩を朗読していた。

『いつかあなたが　運命の人になる
わたしはここにいるから　かならず見つけて迎えにきて
あなたがいないこの世界で
淋しい思いに泣きそうです
わたしはここにいるから　かならず見つけて迎えにきて
運命の人　運命の人』

とんでもない茶番だ！　と当時の秀二郎は憤った。「運命の人」もへったくれもなく、そのとき純菜はできちゃった結婚により引退目前だったのである。熱愛している男がいて、もちろん肉体関係もきっちりあって、彼女のことを処女だと疑っていなかったファンをしたたかに裏切って、表舞台から姿を消そうとしていたのだ。

しかし……。

いまになって見返してみると、朗読に被さるイメージ映像が、せつなげというか儚(はかな)げというか、胸に迫る表情をしていた。セクシー路線の写真集の付録なので、きわどい水着を着て波と戯(たわむ)れていたりするのだが、その海も夕陽に赤く染まったりしていて、悲しみだけがひしひしと伝わってくる。

まるで、わたしの運命の人は夫とは別にいる、と訴えるかのように……。

そんなものは、突然の引退に激怒しているコアなファンを慰めるための、稚拙(ちせつ)なエクスキューズなのかもしれなかった。しかし、お嬢さま育ちの優等生に、それまで見せたことのないような大人の表情で「かならず見つけて迎えにきて」とささやきかけられると、熱い涙があふれだすのをどうすることもできなかった。

(俺が純菜の運命の人になれれば、よかったのかなあ……)

脳味噌が煮えたぎりそうなほど大量の酒を飲んでいると、そんなやくたいもない妄想が浮かんでは消えていった。もちろん、苦笑しかもれなかった。彼女が秀二郎に求めてきたのは、「運命の人」ではなく「隠れ家」だ。その役割りさえまっとうできなかったと思うと、本当に情けなくなってくる。

(いいじゃないか。あの栗原純菜と……青春時代に憧れ抜いた『推し』の女と、セックスできたんだぞ。十回以上も抱いたんだぞ……)

たしかにそうだったが、それですべてを納得できるわけがなかった。体を重ねたことで、かえって執着が生まれたような気がした。執着したところで地獄に堕ちるだけだという大人の判断で別れを切りだしたが、時間が経てば経つほどその判断が正しかったのかどうか、自信がなくなってくる。

(好きだったら、突っ走ればよかったじゃないか。地獄に堕ちようがなんだろうが、好きな女を自分から手放すなんて、おまえはどこまで愚かなんだ……)

もうひとりの自分が言った。もうひとりの自分もしたたかに酔っているようだった。冷静に考えれば、好きな女だから手放したのだ。純菜に不幸になってもらいたくなかったのである。

窓の外が明るくなり、スズメの鳴く声が聞こえてきた。

大晦日の朝である。三日三晩飲みつづけていたので、部屋に酒がなくなった。店に行けば酒くらいあるし、大晦日でもコンビニは二十四時間営業しているから、酒を買いにいくついでに食糧を調達することもできる。

「ちょっと出るか……」

三日ぶりに外の空気でも吸おうと腰をあげた。しかし、ダウンジャケットを羽織ったところで、暗澹(あんたん)たる気分になった。

このまま大晦日も正月三が日も部屋で飲みつづけていたら、人間が腐ってしまうのではないだろうか？　傷ついた心を癒やす方法が飲酒だけ、というのはいかにも頭が悪すぎる。せっかく店を休みにしたのだし、ここはもっと思いきった気分転換の方法を探ってみるべきでは……。

不倫だったし、純菜にとっては火遊びのようなものだったのかもしれないけれど、秀二郎にとっては一世一代の恋だった。これから先、純菜以上に愛せる女が現れるとは思えない。そうであるなら、一世一代の恋をきっちり成仏させてやるのが義務なのではないだろうか？

センチメンタルジャーニーという言葉が、不意に頭に浮かんできた。失恋したあとにひとり旅をして心の傷を癒やす——いまの若い人の間では流行(はや)らないかもしれないが、秀二郎が若いころには憧れたものだ。恋を知らず、必然的に失恋も知らなかったハイティーンのころ、恋に破れてひとり旅をする、ハードボイルドな男になりたいと身悶えながら思ったものだ。

箪笥の引き出しを開けた。そこには百万円の札束が眠っていた。かつて、ワンピースの中をのぞきこんだお詫びに、純菜に渡そうと思っていた金だった。差しだすタイミングもないまま持ち帰ってきて、銀行に預け直すのも面倒だったので、箪笥預金を決めこんでいた。

この金はないも同然の金だった。あのとき純菜に渡していれば、いまここにあるはずがないのだから……。

ということは、使い果たしてもいい金である。ここはひとつ、この百万円をパーッと使ってセンチメンタルジャーニーを敢行し、純菜を失ってボロボロになった自分の心を癒やしてあげてはどうだろうか？

2

約三時間後、秀二郎は機上の人となった。

飛行機というものに初めて乗った。泥酔していなければ、怖くて乗れなかったかもしれない。そもそも秀二郎は、旅行というものをほとんどしたことがない。中高生時代の修学旅行と、下積み時代に勤めていた飲食店の慰安旅行で、近場の温泉に連れていってもらったことがあるくらいだ。

もちろん、ひとり旅なんて初めてで、エアチケットの買い方もよくわからず、直接羽田空港に向かった。年末年始のオンシーズンゆえ、びっくりするほど値段が高かったが、後戻りをする気にはなれなかった。

行き先は沖縄だった。

他の目的地はひとつも思いつかなかった。先ほどまで見ていたＤＶＤの最後に、撮影協力をしたホテルの名前がクレジットされていた。沖縄本島北部にあるというそのリゾートホテルに、電話をかけて予約をとった。そこでも馬鹿高い料金を提示されたが、もはややけくそでＯＫした。

フライト時間は約三時間、秀二郎が那覇空港に降りたったのは午後二時過ぎだった。二十度を超える気温と、むっとする湿気に、南国を感じた。とはいえ、青い空と白い雲というイメージに反し、空は灰色に曇っていた。

いまいちパッとしない旅のスタートだったが、とりあえずホテルから来ているはずのバスを探した。似たようなバスがたくさん並んでいたので、どれに乗ればいいかわからなかった。一時間以上も空港の外をうろうろし、さすがに不安になってホテルに電話をしてみると、バスはもう出発してしまっていた。

「そりゃないですよ！」

秀二郎は泣きそうだった。

「おたく、それなりに格式のあるブランドホテルでしょ？　客がひとり来ていないのにバスを発車させちゃうなんて、あっちゃいけない手配ミスじゃないですか」

すいません、すいません、とホテルの人は謝ってくれた。しかし、すでにバスが出てしまった以上、自力でホテルに向かうしかないようだった。タクシー乗り場の人にホテル名を告げると、料金は二万円近くかかると言われた。

馬鹿馬鹿しくなって路線バスを乗り継いでホテルに向かった。普通なら二時間弱の距離らしいが、三倍の時間がかかり、秀二郎がホテルに到着したのは、とっぷりと日が暮れた午後八時だった。

(慣れないひとり旅なんてするもんじゃないな、まったく……)

くたくたに疲れきっているうえに、三日三晩飲みつづけた酒もすっかり抜けてしまい、秀二郎はいじけきっていた。

よくよく考えてみれば、純菜を忘れるためのセンチメンタルジャーニーなのに、純菜ゆかりのホテルに来るなんておかしい。これでは聖地巡礼である。純菜の追っかけ時代も、彼女が好きだという甘味処（かんみどころ）を訪れたり、ロケ地になった場所を探しあてては喜んだりしていたものだが、まるでファン気質が抜けていない。

「このたびは手前どものミスでご苦労をおかけいたしました」

フロントでチェックインの手続きをしていると、ホテルの偉い人が出てきて丁重に頭をさげられた。

「お詫びと申しますか、お部屋のグレードをあげさせていただきましたので、バスの件はどうかご寛恕(かんじょ)くださいませ」

さすが格式あるブランドホテルだと感心しながら部屋まで案内されたが、通されたのはだだっ広いリビングルームだった。

「あっ、あの、この部屋、ベッドとかないんですか？」

「スイートルームになりますので、寝室は奥にございます」

「なっ、なるほど……」

軽く五、六人は座れそうなＬ字形のソファがあったので、そこで寝ろと言われるかと思っていた秀二郎は、拍子抜けした。ホテルの部屋に、リビングと寝室が別々にあるなんて驚きである。

「スイートルームか……」

案内してくれたホテルマンが去っていくと、秀二郎はリビングを見渡して溜息をついた。だだっ広いだけではなく、調度にも贅が尽くされていた。ソファは艶のある黒革張りだし、天井からはシャンデリアがぶら下がっている。チェストなどもキラキラ、ピカピカしていて、高級感の圧がすごい。

新婚旅行で泊まるような部屋だった。

しかし、秀二郎はたったひとりのセンチメンタルジャーニー。こんな広い部屋にひとりでポツンといるなんて、よけいに淋しくなるではないか！

まったく踏んだり蹴ったりだ——絶望的な気分で寝室に向かうと、嫌がらせのように広々としたキングサイズのベッドが迎えてくれた。富裕層はこういうところでセックスしているのかと思うと、頭にきてダイブせずにはいられなかった。

この忌々しい一日をさっさと終わらせるためには、そのまま眠ってしまうしかないと思った。風呂に入るどころか、服を脱ぐ気力さえなかった。

心底疲れ果てていたし、やりきれない気分だった。

眠りにつく前に少し泣いた。

「あけましておめでとうございますっ！」

テレビをつけると羽織袴姿のお笑い芸人が絶叫したので、一秒でスイッチを切った。

元日の朝だった。

部屋のカーテンを開けると、青く晴れ渡った空と、群青色にうねる海が見えた。

絵はがきになりそうな絶景だったが、ホテルは沖縄本島の西海岸にあるので、初日の出は見られないらしい。もう日の出の時間などとっくに過ぎてしまっているので、どうでもよかったが……。

それにしても最低な年明けだった。三十五年間生きてきて、これほど無残な正月を迎えた記憶はない。

店を開けていた去年のほうがはるかにマシだった。暇をもてあました呑み助どもが押しかけてきたので、売上はかなりよかった。常連客たちとわいわいやっていれば独り身の淋しさもまぎれたし、当たり前だが風呂に入ってさっぱりしてから布団に入ることができた。

ところが、今年はどうだ。何度も乗り換えながら路線バスでホテルまで来たせいで、風呂に入る気力もなく、旅の垢（あか）を落とすことできないまま眠りにつかなければならなかった。

しかも、この豪華なスイートルーム！　広ければ広いほど、豪華であれば豪華であるほど腹がたつ。いちおう三泊四日で予約を入れたが、もう帰ってしまいたい気分である。

とりあえず、熱いシャワーを浴びた。群青色の海を眺めながら冷たいビールを喉に流しこむと、少しだけ気分がよくなってきた。

高層ホテルではないので、スイートルームでも部屋は五階にあった。窓からは青い空や海はもちろん、ホテル内の施設がよく見えた。

純菜が引退記念写真集を撮影したのは十五年も前なのに、ロケ地らしき場所がちらほらと散見できる。屋外プール、遊歩道、ビーチの雰囲気にも記憶を呼び覚ますものがあった。

(下におりて散歩すれば、もっといろいろ見つかりそうだな……)

うきうきしはじめた自分を、ふざけるな！　と叱りつけた。これは「推し」の聖地巡礼ではなく、傷心旅行なのである。淋しすぎるひとり旅に身をやつすことで、失恋による心の痛みを洗い流そうとしているのだ。

ぐぅ、と腹が盛大な音をたてた。

考えてみれば、昨日は路線バスの乗り換え待ちの間に、沖縄そばを一杯食べただけだった。腹が減っているわけである。

時刻は午前八時四十分。まだぎりぎり朝食のブッフェに間に合いそうだったので、急いで服を着て部屋を出た。

レストランは一階にあった。吹き抜けの窓ガラスから海が見えた。真っ青な空に白い雲が流れ、眼下は群青色の大海原……。

迎えのバスに乗せてもらえなかったことは許せないし、ひとり客にスイートルームをあてがう無神経さもいかがなものかと思うが、眺望だけは掛け値なしに素晴らしいホテルである。

料理の並んだコーナーに行くと、秀二郎は迷わず大皿に白飯をてんこ盛りにし、カレーソースを並々とかけた。腹が減っているときに、サラダだの小鉢だの、しゃらくさいものを食べる気にはなれなかった。ゆし豆腐だの海ぶどうだの豚足の煮込みだのの沖縄名物は、夕食のときに食べればいい。

「……ふうっ」

空いている席に腰をおろし、さあ食べるかとスプーンを手にした。しかし、カレーを食べることはできず、スプーンを持った状態で動けなくなってしまった。

隣のテーブルの女と眼が合ったからだった。

「推し」がそこに座っていた。あり得ない光景に、心臓が口から飛びだしそうなほど驚いた。

純菜も純菜で大きな眼を真ん丸に見開き、箸(はし)を持ったまま凍りついたように固まっていた。

3

秀二郎は結局、大盛りカレーをひと口も食べることなくレストランを出た。純菜と一緒だった。

言葉もないまま一分以上も見つめあい、どちらからともなく立ちあがると、いそいそと建物を出ていった。

ホテルの敷地内にある遊歩道を、肩を並べて歩いた。冬にもかかわらず、陽射しがまぶしかった。屋根のある休憩所があったので、そこのベンチに腰をおろした。目の前が海で、波の音が聞こえてきた。

純菜は紺色のシャツに細身のデニムパンツという装いだった。なにしろ美人でスタイル抜群だから、そういうカジュアルな格好も似合うのだが、南国のリゾートホテルにはいささか似つかわしくない気がした。もっとも、厳寒の東京からなにも考えずにやってきた秀二郎は、とっくりのセーターにコーデュロイのパンツという暑苦しい格好だったが……。

「ごっ、ご家族も一緒なの？」

沈黙に耐えきれなくなり、秀二郎は訊ねた。純菜は首を横に振った。

「息子は年明けに受験だから、年末年始はずーっと塾の合宿。夫は現地調査とかでシンガポール。本当に仕事なのかどうか知りませんけど……」

苦いものでも口にしたような顔で言う。

「じゃあ、女友達かなんかと……」

「ひとりです」

純菜はきっぱりと言いきった。どういうわけかキレ気味だったので、秀二郎は怖くなった。

「どっ、どうしてこんなところに……ひとりで？」

「秀さんは？」

「えっ？」

「誰と一緒なんですか？」

「こっちだってひとりだよ」

なにしろセンチメンタルジャーニーだからね、とはさすがに言えない。

「なにしに来たんですか？」

「そっ、それは……『推し』の聖地巡礼に決まってるじゃないか」

他の言い訳が思いつかなかった。

「引退記念写真集のロケ地、このホテルだろ？　一度来てみたかったから……」

「本当？」

眉をひそめた猜疑心いっぱいの眼で睨まれる。

「わたしはまだ、秀さんの『推し』なんですか？」

「そっ、そりゃそうだよ。純菜さんは僕にとって唯一無二の、人生でたったひとりだけの『推し』だ。決まってるじゃないか」

「……くせに」

聞きとれないような小声で言ったので、

「えっ？」

と秀二郎は聞き直した。

「ポイ捨てしたくせに」

「人聞きの悪いこと言わないでくれよ。してないだろう、ポイ捨てなんて」

「いーえ、しました」

「このままだとそっちの家庭を壊してしまうから、気を遣ったんじゃないか」

「いいじゃないですか、うちの家庭が壊れたって」

「よかないだろ」

「わたしは愛が壊れたほうがショックです」

キッと睨まれ、秀二郎は気圧された。

「あっ、愛っていうけど……キミは『隠れ家』が欲しかっただけだろ？　不倫相手というか、浮気相手というか……」

「たしかに最初はそうでした。でも秀さんと深い関係になって人柄がよくわかっていくうちに、もっと愛されたいって……思うようになって……それくらいわからなかったんですか？　あんなにわたしを抱いておいて、それくらい……」

秀二郎はにわかに言葉を返せなかった。

純菜の言い分はもっともだった。一緒に過ごした時間が積みあげられ、体を重ねた回数が増えていくうちに、お互いの気持ちがぐんぐん近づいていく実感があった。だからこそ怖かったのだ。離れられなくなりそうで怖かった。

臆病者の言い訳だ、と自分で自分が情けなくなってきた。

夫とは離婚するつもりだと、純菜は何度も秀二郎に伝えてきたのだ。

どうして信じてやれなかったのだろう？

ピロートークでの台詞だから額面通りに受けとれないなんて、それもやはり臆病者の言い訳に過ぎない。たとえ最終的には離婚できなくても、運命がふたりを引き裂く結末を用意していたとしても、そのときが来るまでは彼女の言葉を心から信じてやれなくて、なにが愛だ。純菜のことばかり考えて、気がつけば聖地巡礼にやってきているくらいなのだから、これが愛でなくていったいなんなのだろう？

「なに笑ってるんですか？」

純菜が咎めるような眼つきでこちらを見た。

「いやね……うちの店、年末年始は一週間の休みにしたんだ。でも、休みにしたってすることがなくてね。朝から晩まで酒ばっかり飲んで、純菜さんのＤＶＤをずーっと見てた。引退記念写真集のＤＶＤをいちばん見たよ。最後に自作の詩の朗読が入ってるだろう？　なにしろ酔っ払って見てるからさ、『わたしはここにいるから　かならず見つけて迎えにきて　運命の人　運命の人』……そんなふうに純菜さんにささやかれると、いても立ってもいられなくなって、ここまで来ちまった……」

「自分の台詞じゃないですか」

「はっ？」

「秀さんがくれた最初のファンレターに、そういうフレーズがあったんです。それにインスパイアされて書いた詩ですから、あれ」

「そっ、そうなの？」

「そうですよ」

純菜はうなずくと、そらでファンレターの文言（もんごん）を再現しはじめた。

『僕の前に現れてくれてありがとう
毎日ドキドキさせてくれてありがとう
レスくれても下を向いてばかりでごめんなさい
理想の女の子でいてくれて本当にありがとう
純菜さんは僕の運命の人です
ドルヲタが言ってもキモいだけかもですが、本気でそう思ってます
運命の人　運命の人』

言いおえると、純菜は指先で眼尻を拭った。涙を流しているようだった。「推し」を泣かせている罪悪感に胸が締めつけられたが、秀二郎はなにもできなかった。秀二郎もまた、盛大に涙を流していたからである。

「秀さん、カッコよすぎるよ……わたしのこと本当に……本当に迎えにきてくれるな

んて……」

わっ、と声をあげて泣きじゃくりはじめた純菜を、秀二郎は抱きしめた。涙々の熱い抱擁を交わしながら、二度と離さないと胸に誓った。

明日のことは誰にもわからない。

悲しい別れが訪れるかもしれない。

だが、いまだけは心のままに純菜を抱きしめていたい。

そして……。

できることなら、いまが永遠に続けばいい。

4

「本当にスイートルームなんですね……」

部屋に通すと、純菜は呆れたような顔で室内を見渡した。外の休憩所から戻ってくるときも、エレベーターの中でも、部屋のドアを開けるときも、ふたりはずっと手を繋(つな)いでいた。

「運命の人を迎えにくるのに、せこい部屋ってわけにはいかないじゃないか」

秀二郎はシレッと言い放った。無駄にだだっ広いリビングも、豪華すぎる調度も、いまばかりは少し誇らしい。

「嘘ばっかり。どうせホテルの不手際かなんかで、部屋のグレードをあげてもらったんでしょう」

「バレたか」

眼を見合わせて笑う。

「迎えのバスに乗せてもらえなくてね。空港から路線バスを何回も乗り継いでここまで来たんだ。まったくひどい目に遭ったよ」

「わたしレンタカーなんで、帰りは空港まで送ります」

秀二郎は曖昧にうなずいた。帰りのことなんてどうだってよかった。むしろ考えたくない。いまこのときのほうを大事にしたい。

「あんっ……」

抱きしめると、純菜は小さく声をもらした。幸福感を嚙みしめるような、甘い声だった。秀二郎もまた、「推し」と再開できた幸運を嚙みしめるように、純菜を抱きしめた。紺色のノーブルなシャツに包まれた彼女の体が、一秒ごとに熱くなっていく。

「なんだか夢みたい……」

秀二郎の胸に顔を預けながら、純菜は言った。

「お別れしてからずっと、夢でもいいから秀さんにもう一度抱きしめてもらいたいって、神様にお祈りしてたから……」

「夢で抱きしめられたかい？」

純菜は顔をあげ、首を横に振った。

「これが夢じゃなければ……」

視線と視線がぶつかりあい、唇と唇が吸い寄せられていく。お互いに口を開いて舌をからめあっていると、秀二郎は欲情がむらむらとこみあげてくるのを感じた。純菜の腹部に押しつけている股間が大きくなり、痛いくらいに勃起していく。

「ねえ、秀さん……」

上眼遣いにこちらを見た純菜の顔にも、欲情が浮かんできた。黒い瞳がねっとりと濡れて、左右の頬が生々しいピンク色に染まっている。

「わたし、もし秀さんと夢で会えたら、してみたいことがあったんです」

「なんだい？」

秀二郎が訊ねると、純菜は困ったように眼を泳がせ、

「してみてもいい？」

言葉ではなく、行動でそれを示したいと伝えてきた。

「いいけど……」

戸惑う秀二郎の足元に、純菜はしゃがみこんだ。カチャカチャと音をたててベルトをはずしはじめたので、秀二郎の額には冷や汗が浮かんだ。

（まっ、まさかこれはっ……この体勢はっ……）

いわゆる仁王立ち（におうだ）ちフェラに向かっているのではないだろうか？

秀二郎は純菜に、口腔奉仕を求めたことは一回もなかった。人妻であろうが、高校受験の息子がいようが、彼女にフェラチオは似合わない。興奮状態にある男性器官を咥えさせるなんて、申し訳なさすぎて想像もしたくない。

震えあがっている秀二郎をよそに、純菜は着々とコーディロイパンツのボタンをはずし、ファスナーをさげた。パンツをおろして、もっこりとふくらんだ黒いブリーフを目の当たりにすると、一瞬固まったが、眼をそらし、何度か深呼吸してから、それをめくりおろしてきた。

勃起しきった男根が唸りをあげて反り返り、

（うおおおおおーっ！）

秀二郎は胸底で雄叫びをあげた。

三十五歳になってなお、穢れを知らないようなお嬢さまフェイスと、興奮のあまり涎じみた先走り液を漏らしている男根のツーショットは強烈すぎた。見てはならない禁断的すぎる光景であり、ある意味、彼女の女の花を生身で見たときより、衝撃が強かった。

性器は見たことがなかったが、顔はよく見知っているからだ。二十年前、ショッピングモールの中庭で行なわれていたイベントで、ひと眼で恋に落ちた。鳴かず飛ばずの時代から彼女の追っかけだった秀二郎は、二、三メートルの至近距離から、純菜の美しい顔を何度も見ていた。

もちろん、写真や動画でも毎日飽きることなく見ていたし、彼女の美貌に落胆したことはただの一度もありはしない。いつだって、見れば一秒でうっとりし、心が清らかに洗われた。

その美貌がいま、反り返った自分の男根のすぐ近くにある。

つぶらな瞳で亀頭や裏筋をチラチラ見ては、恥ずかしそうに眼をそむける。それだけでも、とんでもない罪悪感がこみあげてくるのに、純菜はおずおずと手を伸ばしてきた。男根の根元に細い指をそっとからめられると、秀二郎はビクッとしてしまった。

「すごい硬い……」

純菜が嚙みしめるように言う。

「それに熱い……ズキズキしてる……」

言いながら、すりっ、すりっ、と手筒を動かす。

「むむっ……むむむっ……」

秀二郎は顔を真っ赤にして身悶えた。彼女が手コキ巧者であることは知っていた。最初のセックスのときから、膣外射精に導いてもらった。

ということは、フェラもうまいのだろうか？　ＡＶ女優よろしく、いやらしすぎるテクニックの数々を披露したり……。

「がっかりしないでくださいね。したことないから、下手だと思います」

純菜は薔薇の花びらのような唇を亀頭のすぐ近くまで接近させると、上眼遣いで秀二郎を見上げた。

「信じてくれないかもしれませんが、夫にも口でしたことはありません。どうしても嫌で、それを結婚の条件にしたくらい……」

あのコワモテな夫が、ノーフェラな夫婦生活を受け入れるのかどうか、疑問だった。

だがそんなことより、いまにも彼女の唇が亀頭に触れそうで、秀二郎の体は小刻みに震えはじめた。

「したことがないなら……無理にしなくても……いいんじゃないかなあ……」

最後の理性を絞りだして、秀二郎は言った。もちろん、本音ではされたかったが、人間、欲望のままに振る舞えばいいというものではない。

フェラNGを結婚の条件にしたという純菜の話に、秀二郎は感動していた。いかにも清らかな我が「推し」らしい美談である。そして秀二郎は、もう彼女の言葉を疑わないことにした。であるなら、彼女の唇ヴァージンを守ることこそ、ファンクラブ会員番号一番の務め……。

「ね、いいから……しなくていいから……嫌なことを無理やり……」

「でも……秀二郎さんはしてくれたじゃないですか」

純菜が言った。クンニリングスのことらしい。

「だからわたし、すごく後悔してました……いつかお返しするつもりだったけど、あんなに唐突にお別れが来ちゃったから……」

「むううっ！」

秀二郎は腰を反らしてのけぞった。チュッと音をたてて、純菜が亀頭にキスをしてきたからだった。

ただのキスではなかった。鈴口から盛大に噴きこぼれている先走り液を、吸いあげたのだ。さらに味を確かめるように、口の中で転がす。

「おっ、おいしくないだろ？　おいしくないものを口にするのは、やめたほうがいいって……」

「そんなことないですよ」

純菜はきっぱりと言った。

「海の味がします」

「えっ？」

秀二郎は顔が燃えるように熱くなっていくのを感じた。海の味とはつまり、イカくさいということだろうか？

赤面している秀二郎をよそに、純菜はついに、

「うんあっ……」

唇を大きく開いて亀頭を咥えこんできた。生まれて初めて口腔奉仕をするという純菜は、それほど深く咥えこめなかった。それでも、彼女の生温かい舌や口内粘膜を男根に感じて、秀二郎は気が遠くなりそうになった。

「うんんっ……ぅんんっ……」

純菜は唇をスライドさせはじめたが、そのやり方はやはり稚拙で、百選錬磨のソー

プ嬢に比べると、ままごとレベルだった。

しかし、ソープ嬢にされるより、何万倍も気持ちよかった。いま自分のイチモツを咥えているのは、唯一無二の「推し」なのだ。ライブで、写真で、動画で、何万回見たかわからない大好きな美貌が、その美しい顔を歪めて男根を咥えこみ……。

（うおおおおおーっ！）

秀二郎は胸底で叫び声をあげずにはいられなかった。男根を口唇に咥えこんだ純菜が、上眼遣いでこちらを見上げながらウインクしてくれたからである。

（こっ、こんなレスがっ……こんなレスがあったなんてっ……）

アイドルのコンサートで、ステージ上の「推し」と眼が合うことを「レスをもらう」と言う。中でもウインクは最上級のレスであり、それをされると興奮が最高潮になるのがアイドルオタクというものなのだ。

「気持ちいいですか？」

すりっ、すりっ、と男根をしごきながら、純菜が訊ねてきた。

「あっ、ああ……」

秀二郎は真っ赤な顔でうなずいた。気持ちがいいなどというレベルではなかった。純菜がしごいている男根は、彼女の唾液でいやらしいほどヌラヌラと濡れ光っていた。

しかもさらに、舌を伸ばしてペロペロ舐めてくる。まるでソフトクリームを舐めるような無邪気な顔でやっているが、舐められているのは亀頭だったり、男の体の中でもっとも敏感なカリのくびれだったりするので、興奮に息もできない。

5

「もういいからっ！」

秀二郎は飛びのくようにして、純菜から体を離した。

「えっ？　まだ舐めはじめたばっかりですよ」

純菜は不思議そうな顔を向けてきたが、

「いやいや、もう充分。これ以上されたら、暴発しちゃいそうだ」

秀二郎の言葉に、嘘はなかった。純菜と関係をもつまで素人童貞だったから、射精のタイミングをコントロールするのが下手なのだ。

実際、彼女のワンピースの中をのぞきながら、暴発してしまったことがある。ズボンを穿いた状態で、ブリーフの中に熱い精液を吐きだすという、とんでもない粗相(そそう)をしでかしてしまった。

「とっ、とりあえずベッドに行こうよ。奥に寝室があるから……」

秀二郎は乱れた呼吸を整えながら、とっくりセーターとTシャツを脱いだ。服の下で汗が噴きだしてきており、暑くてしようがなかった。

全裸になって、寝室に移動した。純菜は紺色のシャツにデニムパンツという格好だったので、恥ずかしくてしようがなかったが、そんなことは言っていられない。

いったん明るくした照明を暗めに絞った。

さすが格式あるブランドホテルというべきか、ダークオレンジの間接照明が妙にエロティックだった。キングサイズのベッドをムーディに映えさせ、西日が差しこむ自宅アパートとは全然違う。しかし、元アイドルの「推し」の容姿は、このゴージャスな空間にきっちり釣りあっていた。

（さっ、さすがだな……）

紺色のシャツにデニムパンツというドレスダウンした格好をしていても、お忍び旅行にやってきた芸能人にしか見えなかった。しかも、シャツやパンツを脱がせてランジェリー姿にすれば、スイートルームもかすむほどの強烈なエロスを放射するだろう。彼女は下着に贅沢をする女なのだ。服を脱がせる前から、高まる期待に生唾があふれてくる。

「純菜さん……」

秀二郎は純菜に身を寄せていった。抱擁を交わし、口づけをしながら、紺色のシャツのボタンをはずしていく。ひとつ、ふたつ……。

「やっ……やだっ！」

純菜が突然焦った声をあげた。

「どっ、どうかした？」

秀二郎が心配そうに訊ねると、純菜はもじもじしながら言葉を継いだ。

「わっ、わたし、衝動的に沖縄に来たんですよ。前から計画していたわけじゃなくて、大晦日に急に思いたって……」

一緒だな、と思うと秀二郎はニヤケてしまいそうになったが、厳に慎んだ。話の向かう先が見えなかったからだ。

「荷物はボストンバッグひとつで、忘れ物があったらこっちで買えばいいやって適当に支度をしたから……案の定、下着を忘れて……」

「……なるほど」

秀二郎は険しい表情でうなずいた。純菜がひどく困っているようなので、笑うわけにはいかなかった。

「那覇だったら、デパートみたいなところもあるんですけど、気がついたのがホテルに来てからだったから……このあたりは沖縄本島の中でも僻地(へきち)でしょう？　そもそもお店が少ないんですよ。コンビニすら見当たらないって感じで……それで、二時間くらいクルマで走りまわってようやく見つけたのが、なんていうんだろう？　駄菓子屋さんみたいな建物の小さな衣料品店……」

「つまり……」

秀二郎はコホンとひとつ咳払いをした。

「そこで買った不本意な下着を着けているから、見られたくないと……」

「……はい」

純菜はうなずくと、秀二郎から体を離し、

「脱いできますから、ちょっと待っててください」

いそいそとバスルームに向かった。

(駄菓子屋みたいな衣料品店か……)

田舎のことだから、昭和のセンスを引きずっているような店が、いまだに生き残っていても不思議ではない。下着に贅沢をする女が、そういうところで買い求めたものを喜んで着けているわけがなし、ましてや男に見られるなんてあり得ない、と考えるのは当然かもしれない。

だが……。

女が隠そうとすればするほど、それを見たくなるのが男という生き物だった。いったいどれほどダサい下着を着けているのか、気になってしようがなかった。妄想が妄想を呼び、いても立ってもいられなくなってしまう。

抜き足差し足で、バスルームに向かった。このスイートルームの浴室は、扉も壁も全面ガラス張りなのだ。中に入れば、ダサい下着をこっそり脱げるという造りにはなっていない。

となると、わざわざバスルームに入る必要もないと思ったのだろう。純菜は洗面所で服を脱ごうとしていた。幸いなことに、こちらに背中を向けていた。秀二郎は壁に身を隠し、息を殺して様子をうかがった。

紺色のシャツを脱いだ。現れたのはブラジャーではなかった。陸上選手が着けているような、ショートタンクトップだった。いわゆるインナーだ。色気もなにもないベージュだったが、インナーというのはそういうものだろう。

(それほどダサいってわけじゃないのに……)

予想を軽く裏切られ、秀二郎はがっかりした。昭和のおばさんが着けているようなダサい下着を純菜が着けていれば、それはそれは興奮しそうだったのに……。

だが、デニムパンツを脱ぐ段になると、秀二郎は身を乗りだしてしまった。後ろから見てもあきらかに股上が深い、ベージュのパンティだった。まるでブルマのように大きく、尻の双丘をすっぽり包んでいる。これぞ昭和テイスト。前から見たら、臍まで隠れているのではないだろうか？

（みっ、見たいっ……前からも見てみたいっ……）

しかし、そんなに都合よく純菜が振り返ってくれるわけがないし、そもそも振り返られたらのぞきが見つかってしまう。

だが、彼女はいまにも股上が深すぎる昭和パンティを脱いでしまいそうで、そうなってしまうと、「推し」のダサい下着姿は二度と拝めなくなる。

「きゃあっ！」

純菜が悲鳴をあげ、背中を向けてしゃがみこんだ。

秀二郎が洗面所に入っていったからだった。右側に洗面台と大きな鏡があった。秀二郎はすでに全裸で股間のものを反り返していたから、鏡に映っているのは、まさしく変質者の登場場面だった。

「愛する恋人に隠し事をされるのは悲しくて……」

真顔で言ったが、純菜は啞然とするばかりだ。男であれ女であれ、ダサい下着姿なんて、誰だって隠しておきたいに決まっている。

「見せてもらってもいいよね？　見たいんだ……どうしても……」

純菜が怒ったらすぐに踵を返すつもりだったが、

「愛してるんですか？　わたしのこと……」

眼を泳がせながら訊ねてきた。

「当たり前じゃないか。もう二度と離さない」

秀二郎は真摯に訴えたが、純菜ははーっと深い溜息をついた。

「百年の恋も冷めるかもしれませんよ」

「冷めるわけないよ、下着くらいで」

「絶対笑わないって約束できますか？」

「ああ」

「ううっ……」

純菜は美しい顔に諦観だけを浮かべて、立ちあがった。上半身に着けているベージュのインナーは、やはりスポーティなショートタンクトップだった。色がベージュでなければ、そのままヨガをやっても違和感がないだろう。

しかし、下半身はやはり、衝撃的だった。生活感丸出しのベージュ色も、臍が隠れるくらい股上が深いデザインも、前時代の遺物と言っていい。いちおう同色のレースや刺繍で飾り気を出しているものの、それがかえって爆笑の種になるような、なにからなにまでダサすぎる昭和パンティだった。

「ふっ、普通じゃないか……」

秀二郎はつまらなそうに言った。

「たしかにいつものエロ可愛いランジェリーに比べればカッコ悪いけど、それほど恥ずかしがることはないんじゃないの……」

ベージュのパンティは本当にダサかったが、なにしろ着けている人間がスタイル抜群の元アイドルなので、ダサさを中和してしまっているのだ。期待していたようなハレーションは起きておらず、純菜の圧倒的な美しさが勝ってしまっている。

「普通ってこと、ないと思うけど……」

純菜が身を寄せてきた。親愛の情を示すためというより、全身を眺められる位置にいるのが恥ずかしかったのだろう。

秀二郎は熱い抱擁で彼女を受けとめた。ダサい下着には期待を裏切られてしまったけれど、取るに足りない些末なことだった。南国の島で劇的な再会、再び結ばれる男と女――ふたりの物語の本流はあくまでそちらなのである。そしてこれから、愛を確かめあう熱いセックスが始まる。

「ぅんんっ……ぅんんっ……」

ディープなキスを交わしながらも、秀二郎はチラチラと右側を見てしまった。そこには大きな鏡がある。「推し」とキスをしている自分の姿が映っている。全裸なのが恥ずかしいが、やがて純菜も全裸になる。意図したわけではないけれど、鏡の前で事に及ぶのは興奮しそうである。

秀二郎は純菜の後ろにまわりこみ、彼女の体を鏡に向けた。そうしておいて後ろからインナー越しにふたつの胸のふくらみをまさぐる。眼福を思う存分味わいたかったからだが、双乳に触れた瞬間、手指に違和感を覚えた。生地が薄すぎると思ったのである。

ブラジャーのかわりに着けるインナーには、普通内側にパットが入っているはずだ。なのに、そういう手応えがない。女らしい丸い隆起を包んでいるのは、Tシャツよりも薄そうな生地である。

だが、そうなると、乳首が浮いていないのが不可解だった。純菜の乳首は存在感がある。ノーブラであればぽっちり浮きそうだし、あずき色をしているから、色が透けていてもおかしくないのに……。

不思議に思いながら、インナーを裾からまくりあげていった。鏡に映っている純菜は、顔をそむけて唇を噛みしめている。ひどく恥ずかしがっていることはわかるが、いったいなにが恥ずかしいのか？

（こっ、これはっ……）

インナーの裾を双乳の上までまくりあげると、謎がとけた。純菜は乳首に絆創膏を貼っていたのだ。しかも二枚をクロスさせてバッテンに……。

「百年の恋も冷めたでしょ？」

鏡越しに、純菜が恨みがましい眼を向けてくる。

「ようやく見つけた衣料品店には、ブラジャーが売ってなかったんです。でも、こんな薄いインナーじゃ、バストトップが浮いちゃうから……バッグの中に絆創膏が入ってて、本当に助かった……」

切々と事情を説明している純菜の言葉を、秀二郎はほとんど聞いていなかった。絆創膏が貼られた双乳が悩殺的すぎて、視線をはずすことができない。

（エロいだろ……これはエロすぎるだろ……）

滑稽と言えば滑稽なのだが、パンティストッキング同様、「女の楽屋裏」という感じがする。百年の恋が冷めるどころか、百年に一度くらいの勢いで男根が硬くなっていく。

左右の人差し指で、絆創膏越しにコチョコチョと乳首をくすぐってやると、

「やあんっ！　秀さんのエッチ！」

咎めるように言いつつも、純菜は身をよじりだした。

「剝がしてもいいの？　剝がしてもいいの？」

秀二郎が訊ねると、

「痛くしないでね……やさしくね……」

純菜は答えてくれたが、もったいなくてなかなか剝がすことができなかった。絆創膏を貼った双乳を、もっと拝んでいたい。女の体には乳首以外も感じるところがたくさんあるので、とりあえず攻撃目標を変更だ。

「ああんっ！」

右手を下半身に這わせていくと、純菜は声を跳ねあげた。秀二郎の右手の中指は、こんもりと盛りあがった恥丘を撫でていた。

「ああんっ……んんんーっ！」

まだ肝心な部分には触れていないのに、純菜はしきりに身をよじる。どう見ても、

いつも以上に興奮している。

もちろん、久しぶりのセックスという理由もあるだろう。別れた男と再会し、愛しあっていることを確かめられたという安堵感が、彼女をいつもより解放的にしているという理由もあるかもしれない。

だがそれ以上に、鏡の前で愛撫されているというのが大きいような気がした。彼女は元アイドル――いい意味でナルシストでなければ、務まらない仕事をしていた。鏡を見るのが嫌いなアイドルなんて聞いたことがないし、自分が大好きな女の子でなければ、ファンに熱狂を与えることなどできないのである。

「ああああっ……はぁあああっ……はぁあああああっ……」

すりっ、すりっ、と恥丘を撫でさするほどに、純菜の息づかいは荒くなり、身をよじる動きも激しくなっていった。

すると、鏡に映っている光景に変化があった。

昭和テイスト全開のダサいパンティは、セクシーでもなければエロ可愛くもないが、淫靡だった。純菜が身をよじっているとよくわかる。着けている本人が欲情することで、淫靡さが増長されるようだ。ダサさに封じこめられている性欲が、爆発したくて身悶えている。

6

「あああーっ！」

パンティの中に右手を忍びこませていくと、純菜は紅潮した顔をくしゃくしゃにして叫んだ。

叫び声をあげたいのはこっちだよ！　と秀二郎は思った。昭和パンティの生地は厚く、体を覆っている面積も広いので、中の空気がじっとりしていた。素肌がひどく汗ばんで、たまらなくいやらしい触り心地がした。

しかし、そんなものはまだ序の口だった。恥丘の下に中指を這わせていくと、くにゃくにゃした貝肉質の花びらがいやらしいほどよく濡れて、指に蜜をからみつけてきた。純菜はよく濡れるほうだが、これは濡らしすぎである。中指を尺取虫のように動かしていると、あっという間に洪水状態になった。

「あぁっ、いやっ……いやあああっ……」

純菜が泣きそうな顔を鏡越しに向けてくる。自分でも濡らしすぎている自覚があるのだろう。

秀二郎は昭和パンティの中でねちっこく指を動かしつづけた。その動きに合わせて腰を振る純菜がいやらしすぎた。しかも、双乳のてっぺんには絆創膏。左手で左側のふくらみを揉み、絆創膏越しにくすぐってやれば、純菜の悶え方はいやらしくなっていくばかりだ。

「はっ、はぁあああああああああーっ！」

肉穴に中指を入れると、純菜はのけぞって声をあげた。秀二郎はまず、浅瀬をヌプヌプと穿ってから、中指を根元まで差しこんだ。肉穴の奥がいちばん感じる純菜だが、指ではそこまで届きにくい。それに、奥以外にも、彼女が感じるところはある。Gスポットである。

深く埋めた中指を鉤状に折り曲げ、ざらついた凹みを押しあげる。ぐっ、ぐっ、ぐっ、と凹みに圧を与えてやれば、純菜は長い黒髪を振り乱してあえぎにあえぐ。

「ああっ、いやっ！　あああああっ、いやあああああっ……」

言いつつも、腰の動きは卑猥になっていくばかりだった。閉じていたはずの両脚がいつの間にかひろげられていて、クイッ、クイッ、と股間をしゃくるように腰を振りたてる。動けば淫靡さが強調される昭和パンティを穿いたままだから、いやらしすぎて鏡から眼が離せない。

「あああっ……あああああっ……」

純菜が振り返ってキスを求めてきた。秀二郎は、ぐっ、ぐっ、ぐっ、とGスポットに圧を与えながら、舌と舌をからめあわせた。相当興奮しているらしく、純菜は大量の唾液を分泌していた。あふれたそれが涎となって顎を濡れ光らせているほどだった。清らかな「推し」には似つかわしくなかったが、いまばかりは清らかさをかなぐり捨てている純菜が愛おしい。

秀二郎は、じゅるじゅると下品な音をたてて純菜の唾液を啜っては、嚥下した。右手ではGスポットを、左手では左の乳房を揉みしだきながら、熱狂へといざなわれていく。

鏡の前というシチュエーションが、本当に素晴らしかった。それを見ていると、なんだか映画のスクリーンの中に入りこんでしまったような錯覚に陥るのだ。もちろん、相手が美しい元アイドルだからだが、演じているのはアイドル時代には考えられなかった濃厚なラブシーンだ。

「ねえ……ねえ……」

純菜はキスを中断し、けれども振り返ったまま秀二郎を見つめてきた。黒い瞳は、欲情の涙に溺れていた。眉根を寄せたせつなげな表情をされると、言葉がなくても彼女が求めているものが理解できた。

（こっちも我慢の限界だからな……）

秀二郎は大きく息を吸い、ゆっくりと吐きだした。痛いくらいに勃起しきった男根は、反り返りすぎて臍に張りつき、いまや遅しと出番を待っている。

昭和パンティを脱がしていきながら、秀二郎は内心でほくそ笑んでいた。まだ純菜を抱くことに慣れなかったころ、バックスタイルに救われたことがある。顔を見ながらだと緊張してしまうからだが、いまは断じて顔が見たい。必然的にバックで繋がることは少なくなってしまったが、バックが嫌いなわけではない。四つん這いになった純菜はたまらなくエロい。

となると、すべてを解決するのは鏡である。

元アイドルで「推し」の純菜に、いきなり鏡の前でセックスしようとは言いづらいが、いまなら自然の流れでできる。目の前は大きな鏡で、指入れの愛撫に翻弄されていた純菜は洗面台に両手をついて息ははずませている。むしろ、このまま立ちバックで繋がる以外の選択肢が思いつかないくらいである。

秀二郎はいきり勃っている男根をつかむと、

「いくよ……」

純菜に声をかけてから、切っ先を濡れた花園にあてがった。慣れない体位なので入口がよくわからず、亀頭を縦にすべらせて位置を探った。入れそうなところが見つかると、腰を前に送りだした。ずぶっ、と亀頭が沈みこむ感覚があったので、そのままずぶずぶと奥に進んでいく。

「んんんっ……んんんーっ！　あああああーっ！」

男根を根元まで沈めこむと、純菜は甲高い声をあげた。鏡越しに、しっかりとこちらを見ていた。秀二郎も視線を合わせている。鏡の前というのは、なんて素晴らしい場所なのだろうか？

ゆっくりと動きだした。まずは肉と肉とを馴染ませるように腰をまわし、それからピストン運動だ。逸る気持ちを抑えつつ、スローピッチで抜き差しすれば、ずちゅっ、ぐちゅっ、と卑猥な肉ずれ音がたつ。

「ううう……」

純菜が羞じらいに顔を紅潮させ、鏡から眼をそむける。たしかに、肉ずれ音は恥ずかしいだろうが、こればかりはどうしようもない。純菜が濡らしすぎているという事実に、男の秀二郎は興奮してしまうが……。

「むうっ！　むううっ！」

鼻息をはずませて、ストロークのピッチをあげていった。純菜に恥ずかしい思いをさせていることを申し訳なく思うなら、あふれる快感で羞恥心を吹き飛ばさせてやればいいだけだ。

純菜は全身が細いから、ヒップもそれほど大きくない。だが、女らしい丸みがあって、とても可愛らしい。それを、パンパンッ、パンパンッ、と打ち鳴らして連打を放つと、

「はぁあああっ……はぁああああっ……はぁううううーっ！」

純菜のあえぎ声も、一足飛びに情感を増していった。感じていることが生々しく伝わってくる声を振りまきながら、秀二郎の送りこむリズムを受けとめ、ふたつの胸のふくらみをタプタプと揺らす。

もちろん、その頂点は隠れている。絆創膏のバッテンの奥で、乳首は熱く疼いているのだろうか？

気になってしようがないので、秀二郎は両手を純菜の胸に伸ばしていった。ふくらみを裾野のほうからすくいあげれば、純菜は自然と上体を起こす格好になる。裸身の前面が、余すことなく鏡に映る。

「いやあああっ……」

絆創膏越しにふたつの乳首をくすぐってやると、純菜はいやいやと身をよじった。嫌がっているふうではなく、かと言ってたまらなく感じている様子でもない。おそらく、もどかしいのだ。男で言えば、勃起したペニスをブリーフ越しに撫でまわされているようなものだろう。

だが、もどかしいのもまた、快楽のスパイスとなる。秀二郎は、コチョコチョ、コチョコチョ、と絆創膏越しに左右の乳首をくすぐりつづける。

「ねえ、秀さんっ！　やめてっ！　変な感じがするっ！」

「絆創膏、剝がしてほしいの？」

純菜はしばし眼を泳がせて逡巡していたが、やがてコクンとうなずいた。

「乳首を見てほしいんだ？」

「そっ、そうじゃなくて……そうじゃなくて……」

純菜は悔しげに身をよじり、地団駄まで踏んだ。可愛かったが、あまりいじめるのも可哀相なので、

「じゃあ剝がすよ……」

秀二郎は右の乳首から、絆創膏を剝がしはじめた。二枚をバッテンにしているので、まずは上からだ。ベリッと剝がすと、鏡に映っている純菜の顔が歪んだ。まだ乳首は

露出していない。もう一枚もベリッと剝がし、あずき色の突起を剝きだしにする。気のせいか、記憶にあるより大きくなっている感じがする。

左の乳首の絆創膏も剝がすと、秀二郎は左右の人差し指に唾液をつけ、乳首をいじりはじめた。唾液を潤滑油にして、くりくり、くりくり、と……。

「あああああーっ！　はぁああああああーっ！」

純菜のあえぎ声が、はっきりと快楽の色に染まった。もう、もどかしくはないのだろう。乳首をつまんだり、爪を使ってくすぐってやると、あんあんと可愛い声であえぎにあえぎ、尻を振りたてた。

もちろん、彼女は後ろから勃起しきった男根で貫かれている。尻を左右に振りたてれば、肉と肉とがこすれあい、生々しい快楽が生まれる。

「むううっ……」

秀二郎は唸った。絆創膏を剝がしたり、乳首を愛撫するため、腰の動きはいったんストップしていた。だが、純菜に尻を振りたてられると、じっとしていられなくなった。バックハグの体勢で純菜の双乳をまさぐりつつ、最奥を責めはじめる。限界まで貫いた状態で、ぐりっ、ぐりっ、と子宮をこすりたてる。

「はっ、はぁうううううーっ！」

いちばん感じる最奥を刺激され、純菜が獣じみた悲鳴をあげた。

「ダッ、ダメッ……そこはダメッ……イッちゃうからっ……すぐイッちゃうからあああーっ！」

髪を振り乱して絶叫している純菜を、秀二郎は後ろからしっかりと抱きしめた。コリコリした子宮を、ぐりっ、ぐりっ、と亀頭でこすりあげるのは気持ちいい。だが、ピストン運動と違って、射精までの距離が遠い感じだ。逆に、この前まで素人童貞だった秀二郎にはありがたかった。このやり方ならば、自分の射精は温存したまま、純菜を何度でも絶頂に導ける。

「イッ、イクッ！　イッちゃうっ！　あああああーっ！　純菜、イッちゃいますっ！　イクイクイクイクイクイクウウウウウウウーッ！」

純菜は総身をのけぞらせると、ビクンッ、ビクンッ、と腰を跳ねさせた。美しい顔が紅潮し、汗を浮かべ、くしゃくしゃになっている様子が、鏡越しに見えた。顔だけではなく、乳房も露わな裸身がすべて映っているから、眼福もここに極まれりである。

女を絶頂に導くと、男にも満足感や達成感がある。

男として自信を与えられる。

そしてまた、新鮮な性のエネルギーもこみあげてくる。

もっとイキまくらせてやりたいと、欲望がつんのめっていく。

だが……。

さらに子宮ぐりぐり攻撃を続けようとした瞬間、純菜が振り返った。オルガスムスで蕩けきった顔で見つめられた。キスがしたいのかと思ったが、そうではなかった。

「前からね……言おうと……思ってたんだけど……」

ハアハアと息をはずませながら、言葉を絞りだす。

「わたしピル飲んでるから、中で出しても大丈夫だよ」

「えっ……」

秀二郎は眼を見開き、息を呑んだ。中出し——それはすべての男の憧れだろう。秀二郎も一度くらいはやってみたいと思っていたが、妊娠してしまったら困るので、膣外射精を貫いてきた。しかし、ピルを飲んでいるというなら……。

「むうううーっ！」

秀二郎は総身の産毛(うぶげ)を逆立てるような勢いで奮い立った。純菜の両手をあらためて洗面台につけさせると、細腰をつかんで腰を動かしはじめた。

「はっ、はぁうううううーっ！」

いきなりのフルピッチでピストン運動を送りこむと、純菜は悲鳴にも似た声をあげた。イッたばかりなので、肉穴が敏感になっているのかもしれない。だがすぐに、いつものあえぎ声に戻ったので、秀二郎は安心して連打を繰りだした。パンパンッ、パンパンッ、と尻を打ち鳴らし、肉穴の中を摩擦の熱で燃えあがらせる。

（中出し……あの純菜に中出し……）

ともすれば現実感を失ってしまいそうなほど、そのお許しは衝撃的だった。セックスはやはり、中で出さなければ完遂しない気がする。膣外射精も悪くはないが、中で出したらいったいどれほどの快感が訪れるのか……。

「むううっ！　むううっ！　むううっ！」

秀二郎は一心不乱に腰を使った。ただ、眼を閉じることだけは、絶対にできなかった。鏡に映った「推し」の顔を、まばたきもせずに凝視しつづけた。子宮ぐりぐりではすぐにイッても、ピストン運動では絶頂までに時間がかかるのが純菜だった。だが、それでいい。眼を潤ませたり、眉根を寄せたり、小鼻を赤くしたり、閉じることができなくなった唇から絶え間なくあえぎ声を放ったり、元アイドルが披露してくれる快楽の百面相を眺めながら、一緒に高まっていけばいい。

現役のアイドル時代、純菜に性の匂いは感じなかった。天使だ女神だと一方的に崇めているファン心理のせいかもしれないが、当時の彼女は本当に、この世のものとは思えないほど清らかな存在だった。

だが、いまは違う。顔の造形もスタイルもほとんど変わらないのに、濃厚な色香を振りまくようになった。立ちバックで突きあげられている後ろ姿に、翼が生えているような気がする。欲望の翼を目いっぱいひろげて、快楽の大空を飛びまわっているような……。

「ああっ、いいっ！　いいっ！」

鏡越しに純菜が見つめてくる。

「すごく気持ちいいのっ！　もっとちょうだいっ！　もっとちょうだいっ！」

「むううっ！」

うなずいた秀二郎の顔は、鬼の形相になっている。これほど険しい顔をしている自分の顔など見たことがない。男が険しい表情になるのは、もちろん興奮の証である。

「ねえ、秀さんっ！」

純菜が叫ぶ。鏡に映った彼女の顔は、いまにも泣きだしそうだ。

「わたし、またイキそうっ……またイッちゃいそうっ……」

秀二郎は鏡越しにうなずいた。何度でもイケばいいし、イカせてやりたかったが、こちらにも限界が近づいている。渾身のストロークで肉穴を貫くたびに、男根の芯に甘い疼きが走り抜けていく。

「ああっ、イクッ！　純菜、またイッちゃうっ！」

純菜がわなわなと唇を震わせながら、すがるような眼を向けてきた。

「イッ、イクッ！　イクイクイクイクーッ！　はっ、はぁおおおおおーっ！　はぁおおおおおーっ！」

獣じみた悲鳴をあげて、純菜はオルガスムスに駆けあがっていった。当然のように腰がビクンッ、ビクンッと跳ねあがったが、秀二郎の両手はその腰をがっちりつかんでいた。逃がすわけにはいかなかった。

「でっ、出るっ……こっちも出るっ……」

「ああっ、出してっ、秀さんっ！　中で出してっ！　いっぱい出してっ！」

「だっ、出すぞっ……中で出すぞっ……おおおおっ……うおおおおっ……ぬおおおおおおおーっ！」

野太い声を放った次の瞬間、ずんっと最後の一打を打ちこんだ。ドクンッ、ドクンッ、と暴れだした男根から、熱い粘液が漏れだしていた。「推し」の中に、男の精を注ぎこんでいた。

「おおおおっ……おおおおっ……」

次々とたたみかけられる衝撃的な快感に身をよじりつつ、秀二郎は長々と射精を続けた。出しても出しても、熱い粘液を漏らすことをやめられなかった。やがて、あまりの快感に気が遠くなりそうになった。いっそこのまま失神してもいいと思いながら、ぶるぶるっ、ぶるぶるっ、と身震いしていると、純菜が上体を起こして振り返った。

「秀さんっ！　秀さんっ！」

抱きついてきた純菜は、泣いていた。号泣しながらキスを求められ、秀二郎は応えた。歓喜の涙であることは、訊ねなくてもわかった。

初めての中出しでエネルギーを使い果たしてしまい、秀二郎は足元がふらついていた。それでも、抱擁をとく気にはなれなかった。心の中で、呪文のようにある言葉を唱えていた。

運命の人。

運命の人。

エピローグ

三月――。

秀二郎は引っ越しをした。新居は元のアパートから五〇メートルほど離れたところにある、２ＤＫの賃貸マンションだ。家賃は三倍になったが、築浅で部屋は綺麗だし、広いベランダもついているので、内見してすぐに決めた。

純菜と住むためだった。

衝動的に向かった沖縄のホテルで彼女と劇的な再会を遂げ、三泊四日を一緒に過ごした。部屋がスイートルームだったこともあり、夢のような三泊四日だった。羽田空港での別れ際、純菜は言った。

「しばらく会えないし、なかなか連絡もできないと思うけど、わたしを信じて待っててください」

他にはなにも説明してくれなかったが、まなじりを決した凜々しい表情をしていた。

なにかを覚悟したのだろうと、察するしかなかった。

一週間ぶりに〈焼トンの店 ひで〉の営業を再開すると、煩雑な日常が戻ってきた。

純菜から連絡が入ったのは、二月の半ばを過ぎてからだった。

——正式に離婚が成立しました。

ＬＩＮＥのメッセージは短かったが、夫婦の判子がつかれた離婚届けの画像が添えられていた。

久しぶりに顔を合わせたのは、それから数日後のことだ。

場所は上野の純喫茶だった。以前、ワンピースの中をのぞいた咎で責められるに違いないと、ビクビクしながら入った店である。反社もどきのあやしい風体の客しかいないのも相変わらずだったが、それでよかった。その日の話は、ロケーション抜群の明るい店でするようなものではなかったからである。

「息子が志望校に合格したんです」

純菜はそう切りだしてきた。約ひと月半ぶりに顔を合わせた彼女は、少しやつれていた。

「関西にある学校で、全寮制。大学も海外に留学したいみたいだから、もうわたしの手は離れたって、考えていいのかな……」

語尾を濁した純菜は、あわてて言葉を継いだ。

「もちろん、完全にってわけじゃないですよ。親子の縁は一生続くし、あの子になにか困ったことがあれば、なんでも手助けする心積もりです。でも……春には家を出ていくから……そうなるとわたしと夫のふたりきりになるし……離婚するならこのタイミングしかないって、前から決めてたんです」

「……そう」

短くうなずいた秀二郎は、どういう顔をしていいかわからなかった。

「ご主人は、離婚にあっさり同意してくれたの？」

純菜はツンと鼻を上に向けた顔でうなずいた。澄ましているわけではなく、悔しい思いがある様子だ。

「他にあてがあるんじゃないですか、女の人の……」

「なるほど……」

モラハラに加えて外に女までいるなんて、元アイドルの妻に三行半を突きつけられてもいっさい同情できない不届き者である。

「そんなことより、秀さん！」

純菜はわざとらしいほど声音を明るくして言った。

「わたし、住むところなくなっちゃったんですけど」

「えっ……」

「だって離婚したんですよ。まだ息子がいるからあれですけど、彼が家を出るタイミングで、わたしも家を出ないと……」

「そっ、そうだよねえ……離婚したんだからねえ……」

「秀さんのところ、行ってもいい？」

「うっ、うち？」

「他に行くあてなんかないもん」

「あの六畳間に住むの？」

「わたしは大丈夫よ」

「いやいやいや……」

秀二郎は苦笑するしかなかった。

「純菜さんが許しても、おてんと様が許さないよ。栗原純菜をあんなところに住まわせるなんて……」

「わたしがいいって言ってるんだから、いいじゃない。おうちなんて狭いほうがいいのよ。いつも秀さんが視界に入ってるし、いつだって抱きつけるし」

必殺の上眼遣いを向けられ、秀二郎の心臓はドキンとひとつ跳ねあがった。これから訪れるであろう困難に対する不安よりも、純菜の手放しの愛情が嬉しくて、涙があふれてきそうだった。

そんなわけでふたりは同棲することになったのだが、さすがに六畳ひと間に「推し」を住まわせる気にはなれず、もう少しマシなところに引っ越した。沖縄旅行で派手に散財してしまったあとだったので懐（ふところ）は淋しかったが、幸い〈焼トンの店 ひで〉の業績が順調に伸びていたので、銀行が金を貸してくれた。

桜の開花宣言を待ちわびている三月某日、純菜は秀二郎が用意した新居に引っ越してきた。スーツケースがふたつだけの小さな引っ越しだった。

同棲生活は順調に始まった。ロクに家具も揃っていない部屋だったが、愛だけは満ちあふれていたからだ。

それに、銀行が貸してくれた引っ越し資金も、すぐに返せそうだった。純菜が〈焼トンの店 ひで〉で働きはじめたからである。

「えっ？　いいよ、そんなことしなくて。飲食店で働いたことなんてないだろ？」

「だってぇ……それじゃあ、わたし、秀さんが仕事してる間、ずーっと家で待ってるわけ？　夜なのにひとりぼっちなの？」

純菜の社会人経験はアイドルだけで、就職はおろか、おそらくアルバイトもしたことがない。おまけに、家事はすべて家政婦に丸投げ——そんな彼女を店で働かせるのは大いに不安だったが、元アイドルはいるだけで集客の目玉になった。

呑み助たちは、「今度あそこの店に入った女の子、すげえ可愛いぞ」という類いの噂話が大好きなものだ。たいして可愛くなくても、愛嬌があったり、健気に働いていたりすれば、足繁く通うのもまた、呑み助の特徴である。

となると、元アイドルが働きはじめた焼トン屋が噂にならないわけがないし、客が集まるのは自然の摂理だった。評判倒れではなく、純菜は本物の美人だし、それも下町で地道に働いている人間が生身で見たことがないようなレベルなのである。

純菜はいっさい仕事はせず、カウンターの中でニコニコ笑っているだけだったが、それだけで客足が倍増した。

おまけに純菜は、その清らかな容姿からは想像ができないほどの酒豪である。「おねえさんも一杯飲んで」と客がご馳走してくれれば、喜んで飲む。飲んで飲んで飲みまくる。売上は倍々ゲームである。

そんなある日のことだ。

ピンポーン！　というインターフォンの音で、秀二郎は眼を覚ました。叩き起こされたと言ってもいい。

時刻はまだ午前九時だった。酒場勤めの人間は、夢の中にいる時間である。

「こんな時間に誰なんだよ……」

パジャマの上にジャンパーを羽織り、寝ぼけまなこをこすりながら玄関扉を開けると、男がひとり、立っていた。若い男の子だった。中学生か、高校生か……メガネをかけているがけっこうなイケメンで、やたらとシュッとしている。

「なっ、なんだい？」

間違えてこの部屋のインターフォンを押したのだろうと、秀二郎は思った。こちらはまだ引っ越してきたばかりだし、前の住人に用があるのでは……。

「僕、栗原純菜の息子です」

「えっ……」

秀二郎は卒倒しそうになった。

「いまちょっとお話させていただいていいですか？　五分くらい……」

「あっ、ああ……」

秀二郎はうなずき、サンダルを履いて玄関の外に出た。風の吹きつける外廊下だが、部屋の中に通すわけにはいかない。純菜が寝ているからだ。

「母をよろしくお願いします」

純菜の息子は、そう言って深々と頭をさげた。

「うちの家族はバラバラになっちゃいましたけど、あなたのことは恨んでません。むしろ、感謝しています。なんていうか、母の気持ちはよくわかるんです。父のモラハラは本当にひどくて……身内の恥をさらすようでこんなこと言うの嫌なんですけど、自分は家庭を顧(かえり)みないくせに、母には細かいことでもガミガミ怒って。たぶん、手をあげたこともあるんじゃないかな。もう何年も、暗い顔をした母しか見たことがありませんでした。泣いてたことも何回かあるけど、母はプライドが高い人だから、僕なんかが声をかけたりしたら、かえって傷つけてしまいそうでなにも言えず……でもあるとき、スマホをいじりながら笑ってたんです。ほっぺたが落ちそうな勢いで、満面の笑みってやつですね……たぶん、あなたとＬＩＮＥでもしてたんでしょう。こんなふうに笑える人だったんだって、びっくりしちゃって……」

話を終えると、純菜の息子はもう一度深々と頭をさげてから帰っていった。聡明かつ礼儀正しい男の子だった。

玄関扉を開けると、パジャマ姿の純菜が立っていた。視線が合った。お互いにすぐ、眼をそむけた。

「聞いてたの？」

秀二郎が訊ねると、

「……うん」

純菜は小さくうなずいた。

「立派な息子さんだ」

「そうでもないわよ……」

純菜は目頭を押さえながら、秀二郎の胸に身を預けてきた。開けっ放しの玄関扉から、強い風が吹きこんできた。マンションの下は桜並木だった。ピンク色の桜吹雪が熱い抱擁を交わすふたりのまわりを盛大に舞った。

（了）

＊本作品はフィクションです。作品内に登場する人名、地名、団体名等は実在のものとは関係ありません。

長編小説
推し（おし）の人妻（ひとづま）
草凪優（くさなぎゆう）

2023年12月11日　初版第一刷発行

ブックデザイン……………………　橋元浩明（sowhat.Inc.）

発行人……………………………………後藤明信
発行所……………………………………株式会社竹書房
〒102-0075　東京都千代田区三番町8－1
三番町東急ビル6F
email：info@takeshobo.co.jp
http://www.takeshobo.co.jp
印刷・製本………………………中央精版印刷株式会社

■定価はカバーに表示してあります。
■本書掲載の写真、イラスト、記事の無断転載を禁じます。
■落丁・乱丁があった場合は、furyo@takeshobo.co.jp までメールにてお問い合わせ下さい。
■本書は品質保持のため、予告なく変更や訂正を加える場合があります。